La petite et le vieux

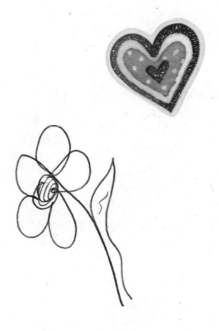

Marie-Renée Lavoie

La petite et le vieux

roman

XYZ
éditeur

Catalogage avant publication de Bibliothèque et Archives nationales du Québec et
Bibliothèque et Archives Canada

Lavoie, Marie-Renée, 1974-

    La petite et le vieux : roman

    (Romanichels)

    ISBN 978-2-89261-575-3

    I. Titre. II. Collection : Romanichels.

PS8623.A851P47 2010   C843'.6   C2010-940346-0
PS9623.A851P47 2010

La publication de cet ouvrage a été rendue possible grâce à l'aide financière du ministère
du Patrimoine canadien par l'entremise du Programme d'aide au développement de l'in-
dustrie de l'édition (PADIÉ), du Conseil des Arts du Canada (CAC) et du ministère de
la Culture et des Communications du Québec (MCCQ) par l'entremise de la Société de
développement des entreprises culturelles (SODEC).

Conception typographique et montage : Édiscript enr.
Graphisme de la couverture : Zirval Design
Photographie de la couverture : Pierre Phillipe Brunet
Photographie de l'auteure : Martine Doyon

ISBN 978-2-89261-575-3

Dépôt légal : 1er trimestre 2010
Bibliothèque et Archives Canada
Bibliothèque et Archives nationales du Québec

Distribution/diffusion au Canada :   **Distribution/diffusion en Europe :**
Distribution HMH   DNM-Distribution du Nouveau Monde
1815, avenue De Lorimier   30, rue Gay-Lussac
Montréal (Québec)   75005 Paris, France
H2K 3W6   Téléphone : 01.43.54.49.02
Téléphone : 514.523.15.23   Télécopieur : 01.43.54.39.15
Télécopieur : 514.523.99.69   www.librairieduquebec.fr
www.distributionhmh.com

Imprimé au Canada

www.editionsxyz.com

Rien ne vaut la peine d'être vécu
qui n'est pas d'abord une œuvre
d'imagination, ou alors la mer ne
serait plus que de l'eau salée…

ROMAIN GARY,
Les cerfs-volants

1

J'étais parvenue à me convaincre que j'étais un garçon et je tenais à ce qu'on m'appelle Joe. J'aurais aimé Oscar, comme mon personnage de dessins animés préférés mais, à l'époque, Oscar était le squelette des classes de biologie et un nouveau type de balai révolutionnaire. Alors je me contentais de Joe, même si sa syllabe en cul-de-poule sonnait comme une banale exclamation. Quand on évitait de penser aux Dalton, ça pouvait faire sérieux.

Mon Oscar de la télé était, comme moi, une fille qui vivait comme un garçon. Elle était capitaine de la garde rapprochée de Marie-Antoinette et pouvait, beaucoup plus facilement que moi, cacher sa réelle identité sous sa grosse redingote garnie de médailles militaires et d'insignes royaux. Et je ne vous parle pas de sa belle épée, de son fourreau doré, de ses bottes à éperons, de son magnifique cheval blanc, de son œil pénétrant et assuré, toujours plein de larmes et de lumière, et du vent, oui, surtout, de tout ce vent qui semait l'apocalypse dans ses cheveux invraisemblablement longs, épais et légers qui battaient la mesure de la chanson thème : « Lady, Lady Oscar, elle est habillée comme un garçon, Lady, Lady Oscar, personne n'oubliera jamais son nom. » Pas de grands héros sans bourrasques de vent, dans les dessins animés japonais. Pas de drame sans saccage de mise en plis. Quoi de plus convaincant, d'ailleurs, qu'un cheveu ébouriffé pour évoquer le courage, la force de caractère du guerrier qui résiste aux méchants symbolisés par ce vent qui se démène en vain. Dans l'air immobile, tout ça nous échappe, les Japonais l'ont compris.

Mais le dédale des petites rues et ruelles bétonnées de mon quartier freinait toutes velléités de bourrasques. Il n'y avait pas d'arbres de toute façon — à peine quelques cotons moribonds faciles à confondre avec des poteaux électriques —, pour fouetter de leurs branches le cours tragique des destins. Et mes cheveux, qui avaient déjà, comme mon corps, l'esprit de contradiction, obéissaient à la gravité sans se soucier ni de mon désespoir ni de mon impérieux besoin de mèches indisciplinées. Tant pis, je m'arrangeais sans eux. Oscar, c'était toute ma vie, et je pénétrais son terrible destin tous les jours, en revenant de l'école, de 16 h à 16 h 24, au Canal Famille, tout en forgeant doucement le mien.

Comme je n'avais pas encore remarqué que les rôles sociaux avaient beaucoup évolué depuis la Révolution française, je croyais qu'il était préférable d'être un garçon et qu'une paire de bras mâles serait utile à notre famille pas très riche. Pas pauvre non plus, à vrai dire, mais mon esprit romantique, avide de détresse et d'infortunes, aimait bien donner à notre condition les traits d'une petite misère beaucoup plus séduisante que le relatif confort de notre classe moyenne.

L'enfance ne durerait pas. Je m'en réjouissais.

J'aurais préféré grandir à une autre époque, le début des années quatre-vingt, tout en coton et en teintes pastel, se prêtant bien mal à l'héroïsme. Au temps de la colonisation, par exemple, même si on préfère généralement le

Moyen Âge — tant et aussi longtemps qu'on ne le connaît pas vraiment, qu'on ne songe qu'aux châteaux, aux chevaliers en armure, aux grosses robes qui bruissent sur les murs de pierre et aux histoires d'amour platonique, tant qu'on ne sait pas ce que « platonique » veut dire. Dans l'ancien temps, j'aurais eu la chance de labourer les champs aux côtés d'un homme de main fruste, édenté, qui m'aurait fait valser d'une grande claque virile dans le dos à chaque vieille souche rétive arrachée à la terre ; j'aurais pu traire les vaches au petit matin, défricher, planter, construire des dépendances à la maison, sabler la corne de mes paumes au coin du feu, le soir, pipe au bec. Je rêvais de souffrances imposées par le travail nécessaire à la survie, mais aussi de grandes traversées sur des bateaux pourris qu'il fallait empêcher d'éclater par la seule force des muscles, de courses folles dans les tranchées de la guerre, de Grand Nord glacial, de chevauchées suicidaires à travers la Sibérie, de bras blessés — pas le visage, je tenais tout de même à être une belle héroïne — et de soif torride qui griffe la gorge. Dans tous mes scénarios, je m'imaginais droite et fière dans le vent, les jambes écartées, solides, le regard plongé dans le soleil rougi du jour agonisant, les yeux prisonniers d'un enchevêtrement de rides révélatrices de toutes les misères endurées. On devinait, à me voir ainsi braver les éléments — le vent tentait littéralement d'arracher mes vêtements —, toute l'étendue de mon courage et de ma force.

Et j'étais heureuse. Et tout était si simple.

Mais dans mon véritable espace-temps, je n'avais que huit ans, un teint livide strié de veines bleutées et une carcasse de vingt-trois kilos pour lester un esprit toujours prêt à se tourner vers des mondes lointains et impitoyables.

Ma vie urbaine brimait mes compétences et ne me laissait, pour toute épreuve de force, que la sortie bihebdomadaire des vidanges. À l'émouvant tableau du martyr campagnard qui se tue sur son lopin de terre aride, du lever au coucher du soleil, se substituait celui d'une petite fille qui transporte un gros sac vert puant jusqu'au trottoir. J'étais sans cesse torturée par l'insignifiance de ma vie qui tardait à m'offrir une chance de m'accomplir.

Le frère d'Isabelle-8 — à cette époque, toutes les filles s'appelaient Isabelle ou Julie, alors elles venaient avec un indicatif —, après que j'ai eu quelque peu insisté, avait accepté de trafiquer ma demande d'emploi et de m'apprendre le métier. Je dis LE métier parce qu'avoir huit ans limite le choix des carrières. On exigeait d'ailleurs dix ans pour ce travail d'enfant de chœur, qui ne nécessitait pourtant pas des machines bouffeuses de bras et de jambes. Dix ans pour distribuer des bouts de papier dans un quartier qui me coulait dans les veines! J'en arpentais les rues depuis plus de sept ans déjà — en retirant les seize mois que j'avais mis à comprendre le principe de la station debout —, en marchant, en courant, en patins, à vélo. Je m'y étais perdue, écorchée vive des centaines de fois, j'avais laissé sur les pavés quantité de bouts de peau, de morceaux d'ongle, des cheveux, du sang, des crachats; au hasard de mes errances dans des lieux souvent défendus, mes membres s'étaient tordus et, parfois même, cassés; au gré des jeux qui n'avaient pu souffrir aucune interruption, j'avais semé, avec un souci de juste partage, d'incalculables quantités d'excréments liquides et solides dans les jardins et derrière les cabanons des immeubles et des maisons. En fait, j'étais surqualifiée pour l'affaire. Mais il a fallu que je triche, en attendant d'en faire la preuve.

— Je t'avertis, je te connais pas si jamais on se rend compte de la crosse, m'avait lancé le courageux frère d'Isabelle-8.

— Inquiète-toi pas ! Je passe tout le temps pour au moins dix ans.

C'est ainsi qu'ont commencé mes interminables chemins de croix matinaux, alors que je ployais sous la charge de ma grosse poche de toile orange bondée de journaux. Un horrible boulot, tout compte fait, rendu intéressant par son capital de souffrance (la désintégration lente mais certaine des épaules et du dos) et par la grande quantité d'ennemis naturels placés sur ma route : la neige, le froid, la pluie, la grêle, les impénétrables ténèbres des matins sans astre, les chiens carnivores, les mauvais payeurs, tous les bandits, les malfrats, les agresseurs, les kidnappeurs, les violeurs, les terroristes planqués derrière les conteneurs débordant sans doute de restants de cadavres, etc. Mes mains noircies — ainsi que tout mon visage, puisqu'il faut bien essuyer la sueur ou la pluie ou les plaques de givre sur les sourcils, les joues et le nez — témoignaient de mes efforts et de mon courage. Merveilleux ! Je respirais les fins de nuit en fermant les yeux comme d'autres respirent la campagne en disant ah ! le bon air pur. Car les lames de l'air glacial, en me blessant, me caressaient l'intérieur du nez et du gosier. Et dans ces petits matins, figée sous un mince glaçage de rosée, la ville était presque belle.

La tranquillité de ce quartier d'ordinaire si tapageur n'était, à cette heure, troublée que par quelques drôles de personnages, comme le vieux Mathusalem, dont je n'arrivais pas à déterminer l'âge — quelque part entre quatre-vingts et cent vingt ans —, moi qui n'avais pour tout repère que les vénérables trente-quatre ans de ma mère (mon père, lui, né très vieux, était impossible à chiffrer). Mathusalem arpentait les rues en marmonnant, toujours vêtu d'un complet noir d'un ridicule charmant dans ce quartier d'où personne n'était jamais parti travailler étranglé d'une cravate. Il y avait aussi Crésus, les mains cousues dans le fond de ses poches pleines de rouleaux de gros billets — à ce qu'on disait — et qui balayait tout sur son passage de son œil de traqué ; la pauvre Marie-Madeleine qui pleurait tout son soûl en marchant jusqu'au dépanneur Papillon, au coin de la rue, pour le premier des quelque vingt cafés qui rythmaient son quotidien, elle qui n'arrêtait de chialer que pour serrer les lèvres sur le rebord du verre en *styrofoam* ; l'Astronaute, une espèce d'homme élastique tout dégingandé qui marchait en apesanteur sur les trottoirs de béton en battant l'air de ses bras simiesques.

— Hé ! mon p'tit !

Et Fred, le vieux paquet d'os qui passait les journaux sur les rues perpendiculaires à celles de ma tournée. Une espèce de grand-père aux yeux vert-de-gris. Par ailleurs le seul, dans l'invraisemblable faune de mon existence, qui avait l'air de comprendre ma condition masculine. C'était peut-être la complicité du métier, peut-être autre chose. Je lui rendais sa faveur en l'écoutant parler des petits-enfants qu'il n'avait probablement jamais eus. Sa mythomanie, qui aurait peut-être dû m'effrayer ou m'exaspérer, me le rendait sympathique.

— Salut, Fred.

— Pas trop lourd à matin, hein ?

— Ouin, mais demain ça va être vraiment lourd, par exemple !

— Oui, monsieur ! Cahiers de l'auto…

— du jardin…

— du mariage…

— des camps de vacances…

— Oh ! tu me fais penser que je devrais m'arranger pour en garder un de ceux-là pour mon gars. Ses p'tits vont peut-être ben aimer ça, aller au camp cette année. Qu'est-ce que t'en penses ?

— Ben, est-ce qu'ils ont des bicycles ?

— Oui, oui, je leur en ai acheté l'année passée.

J'aimais bien lui ménager des petits mensonges faciles.

— Sont corrects, d'abord. Pas besoin d'aller au camp en plus.

— Y pourraient amener leur bicycle au camp.

— Je pense pas. Au camp, ils font du camping, pas du bicycle.

— Juste du camping ?

— Me semble, oui. Je pense que c'est plus cher si tu veux faire les deux.

— Du camping pis du bicycle ?

— Oui.

— T'es déjà allée au camp ?

— Mais oui.

Et en profiter pour mentir un peu.

— Pis tu y retournes pas ?

— Ben non, j'ai un bicycle que je me suis payé avec ma *run*.

— Ah ouin?

— Ben oui, mon Road Runner bleu que j'étais dessus, l'autre fois, quand je t'ai vu proche de chez nous.

— Ah! oui… j'me rappelle. C'est vrai. Pis ça, c'est du bicycle, monsieur!

— Mets-en! Je l'ai pris avec un banc-banane pour embarquer du monde dessus.

— Hé, tu pourrais peut-être me faire faire un tour?

— Je sais pas, t'es pas mal grand, Fred.

— Je pourrais tenir mes jambes dans les airs, comme ça.

— Ouin, peut-être.

— Tu m'avertiras avant de venir me chercher, des fois que j'aurais une visite.

— Hum hum.

— …

— Pis, tu vas garder lequel?

— Lequel quoi?

— Le cahier pour le camping, tu vas le chiper à qui?

— À la Sorcière, pour sûr, ça va la faire chier.

— Mets-en!

— Ça va peut-être finir par y faire passer le balai qu'elle a dans l'cul.

J'adorais son grincement de vieille poulie quand il s'étranglait de rire. Je savais bien qu'il sortait de l'asile, comme les autres, mais il n'était pas fou, juste un peu bizarre, comme si son esprit n'avait pas le pied marin. Les autres énergumènes du quartier n'avaient pas la « conscience de l'autre », comme disait mon père. Ils pataugeaient dans des mondes parallèles, inaccessibles, complètement enfoncés dans la vase de leur folie. Avant de les libérer du Centre hospitalier Robert-Giffard (mieux connu sous le nom Asile Saint-Michel-Archange), situé à quelques rues de la maison, on en avait fait des automates programmés pour marcher. Alors ils marchaient, marchaient, marchaient. Mais on ne venait pas souvent de là-bas pour leur dire qu'il fallait quelquefois s'arrêter pour dormir, se laver, se nourrir, se reposer. Alors ils continuaient de marcher en laissant dans leur sillage des odeurs d'abandon. Personne n'y pouvait rien. Quelques âmes charitables avaient bien essayé de leur faire entendre raison, mais la programmation s'était avérée irréversible. De toute façon, s'arrêter pour faire quoi ? Certains mouraient donc d'épuisement au coin d'une rue, entre deux pas, comme des oiseaux en plein vol, le cœur éclaté par le trop-plein de vide, dans un moment de lucidité. Des années à marcher pour aller nulle part, en exil de soi pour fuir des chimères à peine engourdies par les pilules. Des Michel Strogoff sans mission, sans chevaux dans une Sibérie sans fin.

Il y avait, à cette époque, des gens qui apprenaient le mot « désinstitutionnalisation » parce qu'il était le plus long du dictionnaire et, de ce fait, digne d'un intérêt particulier. C'était même un mot capable de réjouir les cruciverbistes de la Supergrille du samedi qui voyaient quantité d'autres mots révélés par lui.

Et il y en avait d'autres qui, sans connaître le mot, nageaient dedans sans trop le savoir.

Quand je rentrais de mes tournées, lasse, trempée, courbaturée, avec ma face de petit mineur barbouillée à l'encre de journaux, je traversais l'appartement sur la pointe des pieds jusqu'à la salle de bain sous le regard indifférent d'une maisonnée encore endormie et j'allais me jouer une scène de *Germinal* — que j'avais vu en dessins animés à *Ciné-Cadeau* dans le temps des fêtes — devant le miroir, avant que ne commence la ronde des ablutions matinales.

— C'est qui, qui est là ?

— C'est moi.

— Qui, moi ?

— Joe.

— T'es-tu encore devant le miroir en train de te taponner ?

Ma sœur Jeanne, les deux pieds coulés dans le réel, celui qui ne fait pas de place au beau, qui rabat au sol tout ce qui cherche à s'envoler, avait un esprit déjà trop rationnel pour les filles de son âge qui se chamaillaient encore pour ne pas tenir l'élastique à sauter.

— Rapport !

— Ben là, tu prends-tu ton treize minutes tout de suite ?

— Non, ça compte pas, je sors.

Tombée du rideau. Je sautais dans mon lit pour une petite sieste de cinq fois treize minutes — papa, maman, trois sœurs ; je passais la dernière — avant de partir pour l'école. Le charivari de l'appartement berçait le demi-sommeil dans lequel je me plongeais en attendant mon tour.

J'étais à nouveau Oscar, marchant dans les jardins de Versailles, accompagnée du fidèle André, un de mes hommes, mon meilleur, mon ami aussi, le fils d'un de nos domestiques élevé comme mon frère, le seul à savoir que je n'étais pas un homme. Marie-Antoinette se baladait dans le décor de mes rêveries, toujours somptueusement vêtue. J'ignorais cependant que la faim du peuple grandissait au rythme de la magnificence de ses robes. L'avoir su, je les aurais trouvées moins belles.

Moi, j'avais une épée, un étalon blanc et des cheveux absurdement longs. Alors la vie était belle et facile.

C'est à cette époque qu'est arrivé Roger. Je suis tombée sur lui, épave échouée dans le décor, après l'une de ces tournées d'où je revenais toujours, à moitié somnambule, sans trop savoir si j'avais vraiment livré les journaux. Mais ce matin-là, en approchant de chez moi, la présence de ce parfait étranger m'a rapidement rapatriée sur le plancher des demeurés.

Il était installé sur une petite chaise de faux cuir fleuri, dans le stationnement de la maison d'à côté, une cigarette mal roulée plantée dans une grosse barbe blanche caramélisée par la fumée de tabac. On aurait cru qu'il y était depuis toujours. L'homme idoine des petits quartiers, l'incarnation parfaite de l'idée qu'on se fait du pauvre monde. Des vêtements d'une autre époque, une chemise à carreaux sur des pantalons bruns sur des bas blancs dans des souliers-bateaux. Il n'avait qu'à laisser tomber son bras pour que ses doigts atteignent la grosse O'Keefe qui faisait le pied de grue à ses pieds, extension de son propre corps. Sans broncher, avec la précision d'un électricien, il l'empoignait, en glissait le goulot dans sa cavité poilue et rotait bruyamment. L'écho se répercutait sur les immeubles avoisinants avant d'aller se perdre dans la rue déserte, parfaitement libre, à cette heure, de courir sans créer de mouvement de panique. Libre jusqu'à moi, du moins, restée au coin de la rue un moment, précipitamment rentrée de Versailles pour digérer cette espèce de père Noël de misère qui semblait être chez lui.

Car il était chez lui. Dans le sous-sol de la maison des Simard, juste à côté, tout à coup si proche. Et j'allais devoir l'affronter pour rentrer chez moi.

Je me suis ébouriffé les cheveux.

Un nouveau voisin. Encore. Un autre qui allait jouir des trois mois de grâce autorisés par la Régie du logement qui condamnait ainsi, par la bande, tous les propriétaires à endurer pendant ce temps le non-paiement du loyer. Après ? Comme les autres, il fuirait en pleine nuit avec son trousseau de cochonneries dans un camion loué qu'il ne paierait pas non plus. Ou à coup de petits voyages dans une vieille auto bondée jusqu'au toit. Comme un lâche. Comme les autres.

— Hé ! Chérie ! T'es ben p'tite pour traîner une grosse poche de même !

Eh oui ! la vulgarité et les blagues faciles, l'apanage des vieux chnoques qui n'ont pas les moyens d'être autre chose. Encore un ! Dans les films, pourtant, les vieux disent toujours des choses sensées, sages même, des vérités profondes qu'ils ont mis toute une vie à découvrir et à comprendre. Mais dans mon quartier, où ils pullulaient, c'était souvent des pervers usés, désabusés, finis, quand ils n'étaient pas carrément séniles, qui radotaient des âneries à cœur de jour. Alors de deux choses l'une : ou les films mentent en présentant ces grands-pères tout faux, ou leurs dialogues sont écrits par des jeunes encore pleins d'illusions sur le genre humain. Mais comme je savais déjà répondre, j'ai évité de broder sur le thème de la poche, assurément très hasardeux. Le murmure incessant des conversations qui suintait des murs et se répandait depuis les balcons tout autour m'instruisait depuis longtemps de ces dangers-là.

— Y est ben de bonne heure pour boire une grosse bière de même !

— Sacrament, qu'est-ce que tu veux, j'haïs le café. Ça me donne des brûlements d'estomac.

— Prends du Pepto-Bismol.

— Ha ! ha ! ha ! C'é quoi ton nom, p'tite vermine ?

— J'ai pas de nom, gros soûlon.

— Ha ! ha ! ha ! Une p'tite comique ! Je sens que j'vas aimer ça icitte.

— Tu vas-tu rester ici pour vrai ?

— T'as-tu quèque chose contre ça, toé ?

— Ma mère aime pas ben gros le monde qui sacre comme toi. Tu vas te faire ramasser, tu vas voir.

— C'é ta mère tabarnak, pas la mienne.

— Ouin, mais ma mère est capable de *runner* le monde autour quand ça fait pas son affaire. Pis tu vas prendre ton trou avec elle. Tchèque ben.

— Ben content d'entendre ça, ça fait longtemps que j'ai pas pris mon trou.

À cet âge-là, je ne pouvais pas tout saisir, mais je comprenais très bien qu'il se foutait éperdument et de ma mère et de ma gueule. Et pas question de le relancer avec mon père, parce que mon père n'était pas fort, ne faisait pas ceci ou cela mieux que Pierre-Jean-Jacques et n'avait jamais nourri la plus petite velléité de s'en prendre à qui que ce soit. En sa qualité de nouveau voisin, le vieux n'aurait pas mis de temps à s'en apercevoir.

— C'est quoi, ton nom ?

— Monsieur Roger.

— Tu sors-tu de l'asile toi aussi ?

— Ben quin ! Trente ans dans c'te foutue boîte à fous-là, maudite marde.

— Pis t'es guéri?

— Ben non, j'étais ben normal quand j'sus rentré là, c'é après que j'sus devenu fou. Ha! ha! ha!

Les mêmes blagues, toujours.

— Pourquoi t'es allé là, d'abord?

— Faut ben les torcher ces maudits fous-là, sinon y restent dans leur marde toute la journée. Fait qu'y engagent des pas-mal-au-cœureux comme moé pour leur torcher l'cul!

— Ah. En tout cas, tu vas avoir mal à la tête si tu décides de rester dans cette maison-là.

— Pourquoi?

— La grosse.

— Tu parles-tu de la grosse torche qui reste au-dessus de moé?

— Badaboum qu'on l'appelle, comme la mascotte. Mais faut pas lui dire, c'est méchant.

L'énorme fille unique de nos voisins portait, à seize ans à peine, une petite centaine de kilos, une permanente bouclée serré et une humeur adaptée à sa condition de victime injustement traitée par des légions de médecins incompétents qui osaient prétendre qu'elle était responsable, en grosse partie, de son sort. Gargantua Simard, son père, cardiaque de profession, toujours vêtu d'une camisole jaunie au travers de laquelle perçaient des mamelons dont la texture et le mouvement imitaient la pâte à gâteau pas cuite, promenait son imposante panse sur le balcon en maudissant à peu près tout. La pauvre mère, la sainte femme, faisait des ménages en plus d'assumer à elle seule toutes les tâches de la maison. Comme elle se mouvait presque normalement, quand ses tâches le lui permettaient, c'est sur elle qu'ils déversaient leur fiel bien macéré. Plus on s'en prenait à elle, plus elle souriait. Elle opérait comme une photosynthèse de l'humeur qui rendait l'atmosphère à peu près respirable. Les deux ventrus — jambus, fessus, doublementonus, têtus — avaient des visages de plâtre plantés sur des corps de gargouilles obèses, et jamais l'idée de se rendre sympathiques ne leur était passée par l'esprit.

Et tout ce beau monde allait lui marcher sur la tête. On ne serait pas embarrassés bien longtemps.

— Pourquoi t'as un fusil ?

Un fusil que j'avais d'abord pris pour une canne de vieux fou faisait le guet, la tête plantée dans une fissure de l'asphalte.

— J'peux pas te le dire, sinon va falloir que j'te tue.

Décidément, les mêmes blagues, toujours. J'avais huit ans et je n'en pouvais déjà plus. Alors j'ai laissé là la conversation. Ça promettait. Il s'est levé doucement quand il m'a cru montée chez moi, mais je l'espionnais par l'entrebâillement de la porte d'entrée qu'une pointe de tarte faite de copeaux de bois pressés tenait toujours ouverte. Il s'est alors collé la face au mur, à quelques pouces, a semblé jouer un peu avec ses mains, s'est tortillé les fesses et s'est mis à pisser. En sifflant, impunément, comme s'il attendait l'autobus. Ça devait bien le faire rire d'imaginer les voisins en train de frotter un coin de leur fenêtre embuée pour le voir faire. La petite coulée d'où s'échappait un miasme assurément pestilentiel noircissait le mur avant d'aller se perdre dans la rosée du matin, désormais en symbiose avec la pisse des chats, les crachats et les vieux mégots de cigarettes. Le magma territorial.

2

— Va chercher le savon à vaisselle, s'il te plaît.

— Oh non !

— Est-ce que j'ai entendu non, moi là ?

— Non mais…

— Me semblait que j'avais entendu non.

— Non non, mais s'il te plaît, c'est parce que…

— LE SAVON ! Pas de discours de martyre à soir. Pis va chercher tes sœurs.

Il n'y avait qu'une avenue possible : s'agenouiller contre le bain, la nuque et le cuir chevelu offerts sans résistance à un jet d'eau toujours trop froide, comme l'acier tranchant de la guillotine, et à des mains parfaitement inadaptées à la douceur. Le lavage des cheveux, petite torture. Au savon à vaisselle, de surcroît. J'évitais de me plaindre par crainte de voir apparaître une paire de ciseaux de Damoclès au-dessus de ma tête. En ces temps où ma chevelure était mon seul trait physique commun avec mon héroïne, j'étais bien d'accord : pas de discours de martyre.

— Je veux pas entendre que c'est froid, que ça tire, pis que ça mouille dans le dos. Je le sais. C'est ça qui est ça. C'é toute. OK ?

— OK, toutes en chœur, résignées.

Silence de mort. Je n'avais pas peur de ma mère, je savais seulement qu'il n'était pas possible de tailler, ne serait-ce qu'une toute petite brèche, dans son imprenable personnage. Pas la peine de se plaindre, de chialer, d'argumenter, de se monter un plaidoyer. Insister ne pouvait que condamner à une abdication des plus humiliantes. Je le savais pour m'être quelquefois frottée à son opiniâtreté. Chercher à gagner sur cette femme relevait de la même témérimbécillité que de se coller — avec la même intention de voir ce que ça fait vraiment — la langue sur une rampe de fer forgé bien glacé. Mais bon, j'avais mis un certain temps à le comprendre. Dans les deux cas.

Un jour, par exemple, alors que j'étais allongée dans mon lit, terrassée par le soixante-douzième déboîtement de ma cheville de l'année — Zorro sur le toit du cabanon, ça n'allait pas du tout —, elle m'a laissée hurler pendant toute une journée d'école manquée, parfaitement impassible, me trouvant aussi captivante que le défilement des cotes de la Bourse pendant le téléjournal de Marius Brisson, totalement imperméable à mes lamentations torrentielles. J'avais donc pataugé toute une éternité dans ma morve, aggravant par la violence de mes spasmes l'effritement des os de mon pied, indifférente au drame qui menaçait de m'emporter. Il m'a fallu abandonner la partie, une fois mes sœurs rentrées de l'école, épuisée que j'étais d'avoir été pendant si longtemps si gravement blessée, convaincue qu'il n'y avait plus de sauvetage possible : pas d'hôpital, pas de plâtre, pas de béquilles, pas de pitié de la famille élargie et des voisins, pas de poulet dans une boîte de carton apportée par papa, pas de jalousie des amis, pas de parade héroïque, rien. Je m'étais alors levée doucement, en boitant ostensiblement, histoire de carotter quelques remords dans son cœur de pierre, et j'étais allée rejoindre mes amies au parc, forcée malgré tout de reconnaître que ma mère savait faire la différence entre une blessure grave et une crise romantique.

À la même époque, un de ces soirs de flânerie interminable au coin des rues, avec mes amies, j'ai eu beau jouer celle qui se mourait de faim à ses pieds, après avoir manqué le souper, le regard qu'elle porta sur moi était chargé de l'intérêt qu'on porte aux vers de terre séchés qui jonchent les trottoirs quand le soleil suit une grosse averse : ça nous répugne un peu, on les évite, mais on trouve normal qu'ils soient là en train de crever.

— Quand on n'arrive pas à l'heure, on passe en dessous de la table. C'é toute.

Le mantra de ma mère : « C'é toute. » Et cette belle formule moyenâgeuse, « passer en dessous de la table », fort utile pour les mères en mal de micro-ondes pas encore popularisé qui ne voulaient pas avoir à expliquer le bien-fondé du supplice de la faim imposé aux retardataires. J'ai cependant continué à me pointer en retard, assez régulièrement à vrai dire, parce que c'était une belle occasion de souffrir en public. Bien sûr, je me résignais à ces heures creuses autant parce qu'elles ajoutaient une touche tragique à mon personnage — souper d'un verre d'eau en cette fin du XXe siècle en Amérique du Nord était une tragédie anachronique — que parce que c'est bien en vain que je me serais battue pour faire changer quoi que ce soit à la loi : « C'é toute. » Les adultes s'en remettent généralement à l'utile « question de principe » quand ils ne tiennent pas à s'expliquer. Ça fait plus sérieux, ça semble même vouloir être un argument mais, au fond, ça dit la même chose : on perdrait à en débattre, ne serait-ce que du temps.

J'en ai eu pourtant assez, un beau jour, de mourir sans que ma mère ne se dérange pour l'occasion, alors j'ai tenté l'ultime moyen pour me faire voir : disparaître. La petite fugue classique, baluchon de fortune sur l'épaule — genre robe de chambre nouée autour d'un vieux manche à balai —, plein de babioles nécessairement inutiles. J'ai franchi la porte en regardant droit devant, le pas assuré de celui qui fonce en ayant l'air de dire : « Restez calés dans vos fauteuils, ne vous dérangez pas, rien ne saurait me faire rester. » Et quel jeu ! Personne n'a rien tenté pour me retenir. Pas de touchants adieux ni de cris désespérés dans la nuit que je m'apprêtais à fendre comme un seul homme, la peur au ventre, oui, déjà la peur, parce que ça n'avait été qu'un coup de tête et que mon envie d'aller me trouver une autre famille s'était évanouie avant même que j'aie passé le seuil de la porte. Mais l'orgueil. Mais le besoin d'être forte. Avec quelques mèches devant les yeux, je me suis gorgée de courage et j'ai foncé.

Dans l'autobus qui devait m'emmener quelque part très loin, alors que je ruminais la parfaite ineptie de mon existence dans la deuxième boucle complète du trajet du bus numéro 4, j'ai soudain eu une vision : elle s'était téléportée jusque-là, sur l'un des bancs de côté, à l'avant, pour moi — sinon pour qui ? —, pour me suivre en secret, parce qu'elle a eu peur, parce qu'elle s'inquiétait, parce qu'elle ne voulait pas vraiment que je parte. Je ne l'avais pas vue monter, trop occupée que j'étais à me brouiller les esprits. Ma mère, elle, assise tout naturellement, là, dans la foule des gens qui fixaient le vide avec des yeux de poissons morts pour faire semblant d'être absents. Elle restait à distance pour mieux s'approcher de moi. Tout était parfait, elle avait le sens du scénario. Seule sa tête ballottait au rythme saccadé des nids-de-poule. J'ai alors constaté que ma mère savait prendre le bus : le mouvement de ses membres trahissait une longue habitude pas tout à fait oubliée, inscrite là, dans une mémoire physique qui faisait danser habilement son corps au gré de la houle berçant la vieille carcasse de métal.

Je l'ai regardée un moment, puis je suis descendue à l'arrêt suivant. Elle, deux coins de rue plus loin, sans jeter un seul regard dans ma direction. Elle est entrée chez Papillon et en est ressortie avec un litre de lait sous le bras, comme si elle n'était qu'une mère qui venait d'acheter un litre de lait. On ne voyait déjà plus rien de sa déclaration d'amour. Je lui ai laissé le temps d'arriver à la maison avant de m'approcher, pour qu'elle puisse reprendre sa place dans le tableau de ma petite vie pas si laide, tout compte fait. Et surtout pour ne pas gâcher ce beau moment par des paroles qui n'auraient pu qu'affadir la magie de ce qui venait de se passer.

Une tablette de chocolat Kit Kat m'attendait sur le coin de ma commode quand je suis rentrée, dans la petite chambre adjacente à la cuisine que je partageais avec Jeanne, ma sœur aînée. La présence du bel emballage rouge n'avait échappé ni à Jeanne ni à mes deux autres sœurs. Elles tournaient autour du bac à vaisselle de toute évidence vide depuis un moment. Je me suis alors installée sur mon lit pour déballer le gros lingot sucré intrinsèquement divisible et, pendant que je détachais précautionneusement les quatre langues-de-chat de la tablette, elles se sont furtivement glissées dans cette partie de ma bulle que j'aimais bien qu'elles envahissent, sans trop comprendre pourquoi. Assises sur mon lit, cordées comme des sœurs qui ne se chicanent jamais, nous avons grignoté chacune notre part du bout des dents pour la faire durer, en rognant d'abord la bordure de chocolat. En silence. La rareté invite à la méthode. Sauf Catherine, la petite dernière, qui me fixait avec ses yeux de petit chat pas convaincu que tout va bien.

— Poi partie' Lélène ?

— Mais non, tite tête de nœuds. Pas tout de suite.

— Pas pête de nœuds !

— OK. Tite tête de pus.

— Pas pête de pus !

— Tête de quoi d'abord ?

— De punaise.

— OK. Didine, tête de punaise.

— Pas Didine !

— Quoi d'abord ?

— Di-di-ne.

— C'est ça que j'ai dit : Di-di-ne.

— Noooon ! Pas Didine ! Di-di-ne.

— OK. Tête de Catherine.

— Voui. Didine.

Je me calais donc dans quelque souvenir réconfortant, et le lavage des cheveux se déroulait sans moi. Comme pour les tournées de journaux des matins-nuits d'hiver, ceux où il n'y avait rien d'autre à voir et à entendre que les grandes traînées jaunes que déversaient les réverbères sur ma route et le crissement de la neige crue. Je fuyais dans ma tête le temps de regagner la chaleur de l'appartement ou le temps que le lavage prenne fin.

— OK! On va se faire sécher au salon. Pis comme y a pas eu de chialage, tout le monde a droit à un verre de liqueur.

— Yé!

Voilà. Un simple verre de boisson gazeuse au raisin, à l'orange, aux fraises, et nous nous réconciliions avec la vie. Entre deux gorgées de colorant gazeux, le quik-quik que faisaient les doigts sur nos cheveux dégraissés en profondeur sonnait la fin des hostilités.

C'est pendant l'un de ces mémorables moments passés dans les exhalaisons de Palmolive citron que Margot, oubliée quelques instants dans un coin d'ombre de la salle de bain, s'était lancée dans la dégustation d'eau de Javel. À grandes lampées. Ça ne lui avait pris que le temps de déglutir pour se rendre compte que ce n'était pas du petit-lait — il y avait pourtant une grosse Parisienne en tablier qui gambadait sur le bidon blanc. Et maintenant que le liquide corrosif s'était creusé une tranchée dans son œsophage, elle criait à s'en fendre la petite tête de linotte. Mais rien ne perturbait ma mère, pas même la mort certaine de sa fille — il y avait aussi une tête de squelette sur le bidon.

— Va chercher Monsieur Roger à côté.

— Monsieur Roger?

— Ben voyons, niaise-moi pas, tu sais c'est qui.

— Oui, mais pourquoi?

— Parce que! Grouille!

— Mais il a un fusil.

— Allez, va le chercher! Jeanne, amène-moi le téléphone, s'il te plaît.

— Qu'est-ce que ça va faire qu'il vienne icitte?

— Ici. On dit ici. VA LE CHERCHER, C'É TOUTE!

J'ai dévalé les escaliers quatre à quatre. Monsieur Roger, toujours vissé sur son saint-siège de cuirette, regardait filer le temps en marmonnant des bondieuseries.

— Tiens, si c'é pas Chérie.

— Rapport, avec ton Chérie. Viens chez nous, ma sœur a bu de l'eau de Javel.

— Maudit ostie, pis c'é moé qu'on traite de fou. Grimpe dans ton zoo, pis dis à ta mère que j'arrive.

— OK.

— Dis-y de pas la faire vomir! A va s'arracher les boyaux.

Avec un peu d'eau, pour faire descendre des morceaux de mie de pain, et toute une pléthore de beaux blasphèmes bien gras, sous le regard suppliant, puis reconnaissant de ma mère, la petite avait retrouvé son insouciance coutumière, ce qui se devinait par sa passionnée reprise des fouilles nasales. Pendant toute l'opération, le charretier n'avait pas essuyé le moindre reproche de ma mère. J'avais enregistré l'affaire.

De ponctuel qu'il avait été ce jour-là, le soulagement de ma mère est par la suite devenu quasi permanent quand elle a compris que Monsieur Roger était une ressource inépuisable de trucs de grands-mères.

Une petite peuplade de verrues plantaires faisait du forage sous mon pied :

— Va voir Monsieur Roger.

Je pénétrais dans les ténèbres de son petit deux et demie miteux dont les murs suintaient le bœuf haché cuit dans une mer de beurre en sachant qu'il me faudrait atteindre la cuisine située au fond de l'appartement. J'avais beau crier depuis la porte d'entrée, il n'entendait rien. Il jouait le vieux sourd comme un pot pour me forcer à traverser son capharnaüm infect. Je retenais mon souffle et je fonçais, bravant courageusement l'intoxication.

— Tchèque! J'ai des verrues.

— Viens icitte, ma p'tite jéribouére. Où c'é que tu t'é foutu les pieds, calvâsse? Ça va te manger la jambe, c'te cochonnerie-là.

— J'te crois pas.

— Ben tu devrais!

— Non, c'est pas vrai. Tu fais exiprès, mais j'ai pas peur de toi.

— Calme-toé, crie pas de même, jéribouére.

— Qu'est-ce qu'il faut que je fasse, là?

Il se tournait pour farfouiller nonchalamment dans un des tiroirs de l'armoire brinquebalante qui bloquait la porte arrière de son appartement. C'était une chose bien étrange, d'ailleurs, cette porte barricadée qui laissait penser qu'il pouvait craindre des dangers venant de l'extérieur alors que, selon ce qu'il nous disait souvent, il rêvait de mourir.

— Fais le tour de ta cochonnerie avec un crayon de plomb pis mets… attends un peu… icitte… ces p'tits *plasters*-là dessus. Tu reviendras me voir quand ça va t'être blanc.

— Qu'est-ce qui va être blanc?

— La peau, maudit verrat, la peau en dessour du *plaster*. Faut toute y dire…

— OK, face de bines.

Et les verrues fondaient comme du beurre dans la poêle.

Certaines nuits, j'étais tenaillée par d'horribles crampes aux mollets et là, pas de Roger possible. Pour un millier de bonnes raisons, toutes moins convaincantes que celle qui aurait, à elle seule, suffi à retenir qui que ce soit d'aller le chercher : personne ne voulait voir et sentir cet ogre de chrétienté se lever en pleine nuit au beau milieu d'une pénible macération de houblon, sanglé dans des sous-vêtements d'une autre ère — ou pire, sans vêtements —, bardé d'une épaisse couche de sueur rance. Donc la nuit, quand ma carapace d'héroïne se fissurait de partout comme un hublot de sous-marin plongé à des profondeurs abyssales, il y avait maman.

Je savais bien qu'elle ne pouvait rien y faire, mais je pouvais contrôler l'affaire seulement quand elle se pointait à côté de moi. Elle restait là, les bras croisés, patiemment, ne cherchant même pas à lutter contre cet étrange masque de très vieille femme que le manque de sommeil formait sur son visage et, comme je ne voulais pas la déranger trop longtemps, je me concentrais très fort pour que ça passe très vite. Je me projetais sur un champ de bataille, la jambe en charpie, les fourmis qui la rongeaient dans mon lit devenant du sang qui se répandait en me brûlant la chair. Il ne fallait pas crier, ni geindre, rien. Endurer en silence pour faire honneur à la compagnie, garder les yeux secs comme une pièce surchauffée en hiver. Avaler la douleur pour m'en trouver grandie. C'était surtout qu'en étant courageuse, j'avais plus de chance de la garder avec moi. Et ça devenait supportable de souffrir seulement quand elle se flanquait à mes côtés pour me regarder faire. Autrement, ça débordait. Comme quand j'étais seule à regarder quelque chose de trop beau — une pleine lune sur le toit d'un immeuble, par exemple — et que je sentais que la beauté se gaspillait parce que ça me semblait beau au moins pour deux.

J'ai tout de même fini par consulter Roger à ce sujet.

— Garde-toé une tranche de steak au frette pis quand une crampe te pogne, cours la chercher, mets ton pied dessus.

— Ouach ! C'est dégueux !

— Pourquoi, dégueux ?

— Le steak va pogner des verrues, c'est contagieux que ma mère dit. Faut tout le temps que je garde mes bas, même pour dormir.

— Ben voyons, verrat, tu vas pas le manger, ton steak.

— Mais on peut pas jouer avec la nourriture.

— Tu joues pas avec, tu te soignes, c'é comme un médicament.

— …

— Tu le remballes, tu le remets au frigo, pis tu le sors au besoin. Mettons pour une semaine. Après ça, y va sentir le yâble, t'auras pas le choix de le mettre aux vidanges.

La chimie de Monsieur Roger, d'inspiration culinaire — un art fait de beurrées à la moutarde, de gros gin chauffé, d'ail, de feuilles de choux, de lait bouilli —, semblait trouver réponse à tous les maux. Ses dons de chaman avaient d'ailleurs rapidement fait le tour du quartier, et d'aucuns faisaient maintenant des petits détours par notre rue pour une consultation rapide qu'ils se faisaient le devoir de récompenser par de menues nécessités : bière, tabac, casquette des Expos pour les intempéries, etc. J'apprenais.

Mais pour les steaks, je n'ai jamais pu essayer. Je m'étais bien rendue chez le boucher, décidée à me dégoter une belle pièce de viande avec mon argent fièrement gagné, mais le gentil boucher m'avait, par sa sollicitude, fait changer d'idée.

— Tu veux un steak ?

— Hum.

— Quel genre de coupe, quelle épaisseur ?

— Genre pas mal épais.

— OK…

— De la longueur de mon pied.

— De la longueur de ton pied ?

— Je porte du sept. Du sept d'adulte.

— C'est pour faire quoi, ce steak-là ?

— Pour mes crampes.

— Quelles crampes ?

— À la boule de la jambe, en arrière.

— Où ?

— Ici.

— Au jarret ?

— Euh… genre.

— Pis faut que tu manges un steak long comme ton soulier ?

— Ben non, c'est un médicament, faut le mettre dessus.

— Comment ça, dessus ?

— Faut mettre le pied dessus.

— Je comprends pas.

— C'est pas grave.

— Moi, je vends juste du steak à manger.

— J'ai de l'argent, j'ai une grosse *run*.

— C'est pas la question. Personne va piler sur ma viande.

J'ai laissé tomber, je n'allais pas pouvoir me soulager sur une tranche d'amour-propre de ce boucher. J'obéirais plutôt à mes crampes, à cette violence dont usaient mes muscles pour m'empêcher de plier les genoux.

Roger s'est donc incrusté dans notre routine, scandant de ses jurons, qui s'arrondissaient un peu sous l'œil-couteau de ma mère, les petits aléas de la vie, signant de son « Salut Chérie » tous mes départs et arrivées pour bien se faire entendre de la faune qui perdait son temps tout autour. À jouer ainsi les monuments historiques devant son misérable palais, son corps prenait racine dans le stationnement des voisins. La peau de son visage et de ses mains, perpétuellement exposée, rougissait comme un arbre en automne.

Les fins de journée étaient cependant plus tonitruantes. La voix de Monsieur Roger grimpait au fur et à mesure qu'il descendait les grosses bières qui gisaient, exsangues, à ses pieds, comme pour témoigner de la dure bataille qu'il avait conduite contre l'ennui tout le jour. C'est dans ces moments éthyliques qu'il débarquait chez nous, sans cogner, avec la douceur d'un régiment en déroute : il voulait « dix piastres, jusqu'au prochain tchèque », il avait besoin d'un bout de bois pour rafistoler un cossin, il venait de penser à quelque chose dont il devait nous faire part tout de suite, etc. En bref, il avait besoin de parler, ce qu'il faisait en hurlant.

— Baisse le ton, les petites dorment.

— C'est vrai, maudit calvâsse !

— Non, je dors pas.

— Qu'est-ce que tu fais encore là, toi ! Va te coucher tout de suite.

— Ouin mais…

— Y a pas de ouin mais. Dans ton lit. C'é toute.

Dès l'heure bénie où mes parents oubliaient légitimement notre existence — après l'heure du coucher —, je me glissais furtivement jusqu'au petit couloir près de l'entrée et je les espionnais. Adossée là, je cessais de respirer pour mieux capter leurs chuchotements étouffés. Ils discutaient, ces deux-là, pendant des heures, d'un million de petites choses parfaitement inintéressantes. Mais le ton sur lequel se brodaient les petits riens de la journée donnait envie de croire à quelque chose.

Je n'aurais jamais pensé qu'il s'agissait d'amour. Ça ne pouvait pas avoir cette tiédeur. Les imaginaires superlatifs comme le mien ne peuvent, même à huit ans, concevoir que l'amour arrive très bien à se passer de robe du soir, de champagne, de belle voiture, de fleurs, de soirée à l'opéra et de chambre d'hôtel paradisiaque. À huit ans, on a déjà tant vu de pubs télé qui nous farcissent la tête d'une certaine idée de la Vie, que la réalité ne parvient jamais, même en étant tenace, à nous faire comprendre tout le mensonge de ces images. Le contre-témoignage du quotidien prêche dans un désert particulièrement aride : on a besoin de croire qu'une gomme à la menthe fraîche garantit des dents blanches, l'amour passion et des fous rires au ralenti. Moi, je voulais croire que les adultes se tapaient des théâtres-restos, avec rivière de diamants pour madame et berline profilée sport pour monsieur, tous les soirs en rentrant du travail. Et cela même si la scène de toutes mes fins de journée ne me laissait entrevoir que deux visages familiers complètement vidés, aux yeux noircis, qui apparaissaient vaguement au travers des mailles relâchées de l'écran de fumée des cigarettes qu'ils grillaient sans relâche, des êtres un peu avachis sur un vieux sofa usé, emmitouflés dans des robes de chambre élimées et qui n'allaient jamais nulle part dans la Malibu blanc rouille qui prenait l'eau. Mais de près — et c'est pourquoi j'avais tant besoin de m'en rapprocher —, dans le flot de leurs journées disséquées, on voyait bien qu'ils parvenaient à tenir le fort, que les ennuis battaient en retraite devant la tranquillité de leur bonheur qui ne se formalisait pas de la piètre qualité de leur décor. La réalité, discrètement, se faisait belle.

Je préférais entre toutes les soirées de hockey où mon père, surexcité, buvait joyeusement, se frottait les pieds frénétiquement pour aider un peu les gars qui se démenaient sur la glace et y allait de grands coups de poing sur la table quand son équipe comptait. Il lançait alors de grands cris exotiques inspirés de Speedy Gonzalez, Arrrrrrrriwa! Arri-arri-arriwa! et se levait d'un bond qui infligeait quelques points de Richter à notre immeuble en papier mâché. Un soir, son allégresse a été si débordante — les Canadiens tentaient vainement de s'en prendre aux Nordiques — que l'on a vu débarquer la cavalerie constabulaire. Les voisins du dessous, sans la foule en délire du téléviseur pour deviner que ces éclats de voix s'inscrivaient dans le cadre d'un divertissement tout à fait innocent, avaient cru qu'il y avait de la bagarre chez nous — un homme cerné de cinq femmes peut devenir fou, c'est bien connu. Les policiers ont rapidement compris la méprise en entrant dans l'appartement et, sur l'invitation de mon père, ont accepté une bonne petite bière froide et une place au salon pour suivre la fin de la partie. La bagarre s'était donc transformée en soirée de gars autrement plus bruyante. Tapie dans l'encoignure de la porte, je les avais regardés s'exciter jusqu'à la fin de la partie. Je ne voyais jamais l'écran, cachée trop loin et dans le mauvais angle par rapport au téléviseur, mais j'étais trop heureuse d'assister à cette euphorie pour m'en soucier vraiment. J'entendais le brouhaha de la foule, semblable à une chute d'eau, au-dessus duquel s'élevaient de belles voix chaudes qui commentaient les dégagements, les mêlées et les échauffourées devant le but avant d'éclater, dans un crescendo qui balayait tout, de la glace aux gradins : « Et c'est le but ! » C'était du bruit rassurant capable d'amenuiser, parfois jusqu'à l'effacement, les angoisses habituelles de mon père. J'adorais le hockey.

Les irruptions de Monsieur Roger dans notre salon, certains soirs, sans véritablement bouleverser cet ordre divin des choses, me permettaient de veiller au salon : ses explosions de voix soufflaient en moi toute étincelle de sommeil, et ma mère ne s'acharnait pas à me retourner au lit. Elle me faisait signe d'approcher, depuis le pan de mur qui me servait de tranchée, et j'entrais, éblouie, dans leur nuage goudronné, comme sur une scène soufflée à la glace sèche. On me permettait même une ou deux gorgées de bière. Mais pas de cigarettes, je pouvais m'étouffer. Ça les amusait, tous les trois, de m'entendre dire : « C'est bon ! J'aime beaucoup ça » avec mon air affecté de petite fille mature alors que mes narines frémissaient ostensiblement de dégoût. Je prenais ce qu'on m'offrait et me faisais microscopique sur une petite chaise de bois, comme si j'achetais par mon inconfort le droit de rester plus longtemps, dans le seul but de me faire oublier parfaitement.

C'est pendant l'un de ces moments de tentative de sublimation de mon corps que j'ai appris d'où Monsieur Roger tenait son arsenal de soins folkloriques. Je me doutais depuis le début que quelque chose n'allait pas : mon père ne pouvait pas faire cuire un œuf, ni tenter un lavage, et ne savait de quel côté sa main aurait accepté un marteau ;

Monsieur Roger faisait lui-même tout ce qu'il mangeait, jusqu'à son ketchup, savait tout détacher, réparer, inventer.

— Ma femme est morte quand les p'tits étaient encore p'tits en crisse. Brigitte était encore aux couches…

Petit coup de tête de ma mère en ma direction. J'avais beau m'évaporer en particules invisibles, me réduire à l'état d'amibe, elle ne m'oubliait jamais. Roger sablait alors ses jurons tout en montant le ton, pour leur faire des coins bien ronds.

— Y étaient p'tits en maudit. Ben trop petits…

— Est morte de quoi ?

— D'une maladie mortelle, tabarnache ! Une maudite cochonnerie dans le sang. Y a pas de garantie là-d'sus.

— Ça fait longtemps ?

— M'en rappelle pus. Ça te donne une idée.

— Tu t'es jamais remarié ?

— T'es-tu folle ! Jamais de la vie. J'en avais déjà trois dans les jambes. Pis j'allais pas retourner faire des courbettes à l'église, certain.

— Comment ça qu'on les voit pas, ces enfants-là ? Ils restent pas dans le coin ?

— Attends, maudit ost…, quand tes p'tites vont être grandes… C'é ingrat, des enfants. Tu leur donnes toute, pis quand y ont pus besoin de toé, y sacrent leur camp. Y t'ignorent comme si t'étais n'importe quel bel écœurant. Tu les vois retontir juste quand sont dans 'marde, comme quand mon gars s'é divorcé l'année passée. Était même pas morte, sa femme, pis y en voulait pus !

— Ils ont leur vie, c'est normal.

— Ben c'é ça. Y viendront me faire une 'tite visite dans ma boîte à bois, bout de Viarge. Fait que je devrais les voir bientôt.

— Roger…

— J'peux même pas dire bout de Viarge?

Il ne se passait pas une journée sans qu'il ne nous assomme avec sa mort prochaine. Son désir de mourir, moi, je le comprenais parfaitement : il s'ennuyait, ses enfants le délaissaient et il était désormais trop vieux et trop pauvre pour espérer quoi que ce soit d'autre que ces petites misères de journées passées à boire de la bière chaude bon marché devant un immeuble en ruine où des bipèdes obèses lui tambourinaient le caillou. Je comprenais ça parce que j'étais à l'âge où la mort n'avait encore aucune prise sur moi. Je n'allais jamais mourir, moi, je n'avais même pas dix ans. Et, à cet âge-là, on accepte d'emblée que les vieux doivent mourir, ça semble même dans l'ordre des choses. Après, le temps coule et ça se complique parce que ça se met à nous concerner. C'est là qu'on a besoin de concepts philosophiques dérangeants, comme celui de l'absurdité, ou d'abstractions humanoïdes réconfortantes qui ont le dos large, comme le sont la plupart des dieux.

Mais pour Monsieur Roger, Dieu était celui qui n'avait pas voulu rendre la liberté aux bestioles qui s'étaient enca-gées dans le corps de sa femme, si utile encore. Ce qui ne l'empêchait pas de le prier avec ferveur, tout le jour durant, afin de lui dire qu'il était prêt pour la suite, quelle qu'elle soit.

— Bon, j'vas arrêter de vous faire chier pour à soir…

— Tu nous fais pas chier.

— Ben oui, je crie, pis la p'tite fatigante peut pas dor-mir…

— C'est correct. Laisse faire ça. C'est pas une grosse dormeuse.

Il se levait en se tenant le ventre pour s'empêcher de tomber par devant comme une toupie qui a épuisé ses tours et qui s'abandonne à l'appel du sol.

— Pis, de toute façon, j'ai pus de bière.

— Nous autres non plus.

— C'é aussi ben de même, une de plus pis j'pétais à soir, joualvaire. C'était pas prévu avant demain.

— Dis pas des affaires de même, voyons.

— Fais pas ta Viarge offensée avec tes p'tites phrases de matante, toé, câl…

— *Go in the bed.* Bonne nuit.

— C'é ça. *In the bed.*

Il titubait jusqu'au balcon et ses imprécations continuaient de résonner au loin comme les cris rythmés des vendeurs de fraises qui sillonnaient les rues les soirs d'été.

3

Toute la misère du monde passait le pas de la porte les soirs de la semaine dans l'ombre que mon père traînait avec lui. Ses yeux fous fixaient au sol cet autre lui tout noir, aux contours flous, comme pour empêcher que son corps ne s'éparpille. Sa main tremblante posait doucement sa serviette, pleine de copies à corriger, sur un rectangle imaginaire du terrazzo de l'entrée. Il enlevait ensuite son manteau pour le suspendre, après en avoir défait les plis, sur un crochet de la patère, toujours le même. Le caractère compulsif de mon père pour l'ordre et la disposition des choses — il avait sa propre règle de trois : « Chaque chose à sa place », « Chaque chose en son temps », « Les choses qui se conçoivent bien se rangent proprement » —, s'il m'avait inquiétée quand j'en avais pris conscience, ne me révélait plus guère que son besoin désespéré de s'accrocher à une illusoire bouée qui, étonnamment, lui permettait de surnager. Il me semblait d'ailleurs qu'il trouvait, dans l'immuabilité de son univers qui s'orchestrait à des milliards d'années-lumière du nôtre, cette sécurité que l'enfant trouve dans le déroulement régulier de ses journées et la forme répétitive du matériel pédagogique spécialement conçu pour son éducation.

Ma mère se pointait au bout du corridor, à distance respectueuse du Malheur qui venait d'entrer, inclinait sa tête à deux heures, suspendait le mouvement de son balai et de ses pensées, et se lançait dans un interrogatoire de sa façon pour déterminer l'ampleur de la zone sinistrée que les affres de la journée avaient laissée en lui.

— Pis ?

— Hum hum.

Deux syllabes de concentré de douleur. Plus les sons qu'il produisait étaient brefs et ravalés, plus la journée avait été difficile. L'angoisse se taillait des galeries souterraines dans son système nerveux et aspirait tout. Si mes sœurs ne semblaient pas souffrir de cette détresse étouffée, moi, par contre, je tanguais dans les remous de la bile dans laquelle mon père tantôt disparaissait, tantôt émergeait.

J'étais handicapée d'une hyperlucidité qui me volait toute forme de salutaire insouciance.

À huit ans, déjà, je détestais les adolescents. Ceux qui gravaient *fuck you* sur les bureaux de bois de l'école, ceux qui collaient des gommes partout et ceux qui ne faisaient rien du tout, pour cette même raison. Et cette haine m'est restée. Point de non-retour. Rien n'a jamais pu me réconcilier avec leur besoin de confronter l'autorité et leur recherche d'identité. Rien. Pas même ma propre non-adolescence, qui est passée comme une lettre à la poste dans l'Histoire, puisque je me suis concentrée bien fort pour en annihiler les détestables manifestations.

De toute façon, les crises d'adolescence ne sont pas à la portée de tous : ça prend des parents qui ont de l'énergie pour tenter de discuter, s'énerver, crier et faire des scènes ou encore pour lire des bouquins de psycho-pop et traîner les jeunes ingrats chez des spécialistes. Aucun adolescent ne prend la peine de se farcir une crise sérieuse sans avoir la conviction de susciter la colère d'au moins un petit quelqu'un en bout de ligne. Tous ces petits baveux en mal de vivre, qui se faisaient les dents sur le dos des professeurs un peu mous, comme mon père, avant de jouer leur grand *fuck the world* à leurs parents pas payés cette fois pour les endurer, usaient mon père prématurément.

Il avait bien essayé de se défendre, au début, mais les choses avaient coupé court quand un des élèves, à qui il avait tenté de mettre un peu de plomb dans la tête avec son crayon bien aiguisé, était descendu chez le directeur pour se plaindre. Avec succès. La plus petite perle de sang peut avoir raison de tout. Il n'a donc plus jamais fait de trou dans la tête de ses élèves. Son estomac s'est proposé de tout prendre.

Une fois débarrassé de son costume de professeur normal, mon père se dirigeait vers l'armoire à outils — ressuscités récemment grâce à Roger —, allongeait le bras pour atteindre une des grosses bouteilles bien alignées sur la plus haute tablette, se dirigeait vers le comptoir de cuisine, empoignait sa mesure pour les onces, toujours bien propre, toujours placée à côté de la salière, la remplissait, la vidait, la re-remplissait, la re-vidait, la re-re-remplissait, et la re-re-revidait, mais cette fois dans son verre, histoire d'être certain qu'il y mettait la quantité exacte d'une once avant d'ajouter le club soda. C'est là seulement, quand l'élixir du prompt rétablissement le ramenait sur terre, qu'apparaissait devant lui le microcosme de l'appartement qu'il avait, en véritable robot de première génération, pénétré à son insu. Son sourire s'allumait alors. Il posait des questions sur la journée, celle de ma mère et celle de ses filles, selon un ordre bien précis, et finissait toujours par sortir de son sac une énigme qu'il avait rapportée de l'école, pour Jeanne, comme l'oiseau qui ramène au nid d'appétissants vers de terre pour ses petits. Il trépignait de plaisir en la voyant s'attabler, presque distraitement, en se mordillant la lèvre, pour expédier l'affaire en quelques minutes. À sa façon de la regarder dans ces moments-là, je comprenais qu'il arrivait à se projeter en elle. Je le voyais rêver à ce quelqu'un d'autre qu'il aurait été si… Mais ça passait vite dans son œil, c'était pressé. Trop pressé pour renverser l'adverbe.

Il réintégrait doucement son corps d'homme heureux et je retournais à mes presque dix ans parce que, de toute façon, je ne pouvais rien faire de plus. J'étais emmurée, impuissante, dans ce corps ridicule de petite maigrichonne. Et de tous les angles d'où je regardais le problème, j'en arrivais toujours à la conclusion que, pour le régler, il m'aurait fallu gagner assez d'argent pour lui permettre d'arrêter de travailler. J'aurais voulu être riche et lui offrir un gros tas d'argent pour qu'il liquide toutes ses dettes et qu'il reste tranquillement à la maison à faire des mots croisés, à lire le journal, à siester après le dîner et à s'adonner à ses sports de salon favoris. Mais pour l'heure, mes gages de petite marchande de feuilles de choux faisaient pâle figure devant la faramineuse rente à vie que j'aurais dû dégoter pour faire vivre toute la famille.

Je me suis alors un peu repliée sur ma mère, en attendant de trouver quelque chose pour lui. En espérant faire assez vite tout de même. Il n'y a rien comme le désœuvrement pour perdre courage.

Heureusement, l'extraordinaire hasard de la vie m'avait fait découvrir, dans la plus totale banalité du quotidien, le moyen de me rendre enfin utile.

Ma mère m'envoyait souvent chez Papillon, juste avant les repas, pour aller acheter un litre de lait, un pain, une boîte de soupe aux tomates. Je devais d'abord trouver la sacoche, toujours perdue quelque part dans ce petit appartement, puis lui tendre son gros portefeuille de cuir mauve. Un objet affreux comme on les aimait dans les années soixante de son adolescence. Souvent, après l'avoir tourné dans tous les sens et en avoir exploré toutes les poches, elle se ravisait, la mine sombre.

— Ben laisse faire. Vous mangerez des céréales.

— Pas des céréales pour dîner !

— Pourquoi pas ?

— J'en ai mangé à matin.

— Ben vous mangerez d'autre chose.

— Comme quoi ?

— Fais pas la martyre. Y a des pommes…

— Pour dîner ?

— *Shit* ! Lâche un peu.

C'est au son de ce petit mot anglais dont je ne décodais pas encore le sens que s'était alors imposée à moi une idée des plus héroïques : il me fallait seulement surveiller ce qui allait bientôt manquer, au frigo surtout, puisque j'en maîtrisais parfaitement le contenu et le fonctionnement, pour pouvoir, juste avant d'aller le faire remarquer à ma mère, ajouter au portefeuille l'argent nécessaire. Le réfrigérateur et les tablettes de l'armoire pourraient se vider à qui mieux mieux, je trouverais toujours à le remplir. Je distribuerais des millions de journaux s'il le fallait et je le ferais le cœur léger, trottinant entre les raies de trottoirs, déchargée du poids de la terre, en route pour aller gagner le nécessaire à la cueillette des cannes de petits pois. Le sourire de ma mère ne s'éteindrait plus jamais.

Cela a bien marché au début, les dollars bizarrement pliés qu'elle trouvait dans les mauvaises poches la réjouissaient, sans trop la surprendre. Elle y allait d'un «ben regarde donc ça!» et me tendait mon argent avec fierté. C'était merveilleux.

Mais les rides reprenaient du service le soir quand la bière venait à manquer et que ma mère ouvrait compulsivement son portefeuille. Elle s'était vite habituée à une magie qui n'opérait pas quand j'étais confinée dans ma chambre pour la nuit. Je ne pouvais pas atteindre la sacoche sans m'exposer. Mon plan était plein de trous. Alors elle ouvrait et refermait frénétiquement le porte-sous pour qu'il se passe quelque chose, mais ses espoirs n'arrivaient pas à infléchir la réalité. Depuis mon angle de mur, je la regardais en souffrant. J'aurais vraiment eu besoin d'une cape d'invisibilité.

C'est un peu cette impuissance que je ruminais pendant ces bouts d'éternité où je restais éveillée la nuit. Ça et un tas d'autres problèmes graves : comment faire pour courir aussi vite qu'Isabelle-12 à l'école, comment faire pour avoir les cheveux très longs rapidement, comment faire pour empêcher mes seins de pousser, comment faire pour que papa arrête de vomir le matin avant de partir travailler, etc. C'est presque toujours dans ces moments de grands questionnements existentiels que la petite se pointait dans la porte de notre chambre, à Jeanne et moi, soucieuse de me rappeler que la vie comportait sa part de vrais problèmes qui demandaient à être traités sur-le-champ.

— Z'ai pas pacable de dormir.

— Faut que tu dormes, si tu veux grandir.

— Non.

— Ben oui.

— Non, z'ai peur.

— Peur de quoi?

— De les zaraignées.

— Ben non, Ti-Pou, c'est l'hiver. Y a pas de zaraignées.

— Non, pas Pi-Pou.

— OK. Pas Ti-Pou. Didine debord?

— Non, pas Didine. Di-di-ne.

— OK. Viens Catherine, tout le monde fait dodo, y en a pas de bibittes.

— Z'ai vu de les zaraignées.

— Ben non, viens.

Elle sautait dans mon lit et se blottissait en boule contre moi, ses fesses plantées bien rondement dans le creux de mon ventre. Alors je faisais des ombres chinoises sur les murs de la chambre jusqu'à ce qu'elle s'endorme en ronronnant du bonheur des petites sœurs convaincues que la vie, c'est des loups et des lapins qui sautillent sur des pans de murs sombres.

— Ris pas trop fort, Jeanne fait dodo.

— C'est grôle.

— C'est drôle, un lapin?

— Voui. Y zentil.

— Pis le loup, il est gentil, le loup?

— Non. Méssant.

— Des fois y a des loups gentils aussi…

— Voui.

Quand elle dormait profondément, je me mettais souvent à pleurer, le plus souvent parce que j'étais terrorisée: j'ignorais comment m'y prendre pour payer les comptes, les impôts, les taxes ou régler tout ce qui n'était pour moi qu'un tas d'enveloppes très embêtantes, pleines de petits chiffres compliqués. Dans mon petit cocon de nuit, nous étions seules toutes les deux sur une terre perdue et hostile, en pleine guerre, et j'ignorais comment on devait s'y prendre pour s'abonner au câble. Alors je lui racontais des histoires pour lui faire croire encore un peu à sa jeunesse.

Dès que je voyais que la réserve se vidait, j'allais déposer des petites sommes dans le portefeuille pour ne pas éveiller les soupçons de ma mère. Malgré les apparences, ce n'était que de l'égoïsme pur : je m'enivrais de son soulagement, pourtant fugitif, et je me libérais de la tonne de plomb que mes épaules, encore trop fragiles pour les angoisses adultes, ne pouvaient supporter.

Mais le portefeuille s'est rapidement mis à révéler sa vraie nature : il était sans fond. Un sort malicieux semblait se jouer de moi et faire disparaître ce que j'y mettais. Et rien ne changeait, ni les plis d'inquiétude dans le visage de ma mère ni l'accablement de mon père. Je lançais quelques gouttes d'eau sur une immense terre asséchée.

Inspirée par ce que je croyais qu'aurait certainement fait Lady Oscar à ma place, je me suis décidée à demander une deuxième tournée de journaux. Ce qu'on n'a pas pu me refuser vu mon faux âge, la loyauté de mes services et la pénurie de personnel qualifié. On entrait tout juste dans l'ère où le développement des enfants nécessitait apparemment davantage de sommeil. Les jeunes candidats se sont rapidement faits de plus en plus rares, jusqu'à disparaître. Un peu comme les journaux, aujourd'hui.

J'ai alors habité une plus importante part de nuit, une part plus inquiétante aussi. Tout était plus sombre, et le soleil mettait du temps à laver tout ça. Je devais aller plus loin aussi, jusque dans la paroisse voisine où je ne m'étais encore jamais aventurée qu'à vélo, en pédalant très vite. Mais c'est bien connu, les mulets ne font pas de vélo. Alors je faisais deux, trois voyages les jours de lourd tirage, pour mener à bon port ces briques de papier noir avec lesquelles j'espérais gagner un peu de repos, pour mes parents.

Le vieux Fred s'est inquiété de mon changement d'itinéraire. On se croisait un peu moins aussi.

— Jusqu'à la 22e rue ?

— Je finis juste en bas de la côte.

— En bas de la côte ?

— Ouin.

— C'est ben trop loin. Jusqu'en bas de la côte ?

— Ben oui, c'est correct.

— Ben non, c'est trop loin. Pas en bas de la côte ?

— Y a rien là !

— En tout cas, je pourrai pas te remplacer comme l'année passée si t'es malade. C'est trop loin. Je peux pas.

Une virulente varicelle vite évacuée.

— Ben voyons, Fred, tu viendras avec moi un matin, tu vas voir.

— Oh non, compte pas là-dessus.

Il s'est éloigné tête basse, anéanti, comme si je venais de le décevoir amèrement. En bas de la côte, ça semblait un autre monde pour lui. Ça changeait de nom, d'accord. Les gens y devenaient étranges, d'accord. Toutes sortes d'histoires circulaient au sujet de ceux qui n'en étaient jamais revenus, OK. Mais c'était juste quelques pas plus loin, en bas, je crois qu'on y avait même déjà eu de la famille — on ne l'avait jamais fréquentée, mais bon. Tout de même, parce qu'il n'y a jamais de risque à prendre quand on a tant de responsabilités envers sa famille, je faisais cette section de tournée au pas de course, en serrant les dents, appelant cette bonne étoile qui permet parfois de traverser sans dégât un champ de mines antipersonnel.

Je me suis aussi mise à accepter de petites tâches çà et là, autant pour dépanner que pour faire quelques sous de plus. À défaut d'oiseaux qui auraient ponctué la symphonie des ruelles de leur sifflement harmonieux, ça ne manquait pas de voisines qui piaillaient, « 'tite fille, 'tite fille, 'tite fille », pour se faire servir à rabais par une enfant qui n'aurait jamais osé leur refuser un service.

La vieille madame Corbeau, par exemple, me faisait sortir ses vidanges pour dix cents. Facile pour elle de me repérer, puisqu'elle habitait juste en face, au deuxième étage de l'immeuble, à droite. C'était une femme-caricature qui se baladait à toute heure du jour en chemise de nuit, rouleaux sur la tête, petit chien au bras. SNOOOOPY! qu'il s'appelait, la serpillière. Elle était de tous les comités paroissiaux, ce qui lui ménageait des droits d'entrée dans tous les foyers du quartier sous des prétextes bidons. L'écornifleuse officielle de la paroisse. Et, avec une telle physionomie, probablement sorcière à temps perdu.

Elle me faisait entrer dans son appartement hanté où d'innombrables cordes à linge bondées de vêtements hétéroclites sillonnaient les plafonds. Il y en avait dans toutes les pièces. On n'y voyait absolument rien. Elle devait esquiver les vêtements qui pendouillaient de partout pour se frayer un chemin avec le sac de poubelle qu'elle voulait me confier, ce qui lui donnait l'air ridicule d'une footballeuse à l'entraînement. Pourtant, c'est avec une certaine élégance qu'elle accomplissait la récolte de la crotte de son chien.

Quand son petit chéri honorait ses soins en lui fournissant la preuve que son mécanisme intestinal était réglé au quart de tour, elle joignait les deux pieds, pliait légèrement les genoux et saluait le ciel de son derrière. Sa main cueillait le fruit mûr qu'elle ne s'empressait jamais de jeter. Elle cherchait plutôt, fière comme un paon, un regard approbateur. C'est bien de ramasser la crotte de son chien. Ça prouve à la fois qu'on est une bonne maîtresse et une citoyenne respectueuse.

Quant à son mari, il avait la réputation de ne pas exister tout à fait : il dormait, tous les jours, tout le temps. On ne le voyait presque jamais. Tout devait se faire en silence autour d'eux, sur la pointe des pieds, pour ne pas le réveiller. La rumeur voulait qu'il soit mort et que la Corbeau continue de faire croire qu'il dormait, pour encaisser les chèques ou pour d'autres motifs innommables. On me disait de me méfier du contenu de ses sacs à déchets. Mais je ne cédais jamais à la peur ; j'avais Lady Oscar sur grand écran dans ma tête et mes cheveux poussaient vite. Monsieur Corriveau — on avait décidé de lui laisser son vrai nom, en attendant de mieux le connaître — finissait toujours par réapparaître, juste comme s'organisait l'escouade de civils volontaires qui allait être dépêchée sans avertissement chez Clytemnestre Corbeau avant qu'elle ne dispose du corps.

Le général Turcotte, pour sa part, qui n'était en fait qu'un simple soldat magnifié par un imaginaire collectif en mal de héros, me payait grassement pour décontaminer le terrain que son berger allemand engraissait dans l'espace très circonscrit que sa laisse lui permettait d'occuper. Il partait souvent en cavale, Gros Minet, quand il en avait plein le dos de son rôle de sous-fifre qui jouait les potiches derrière la maison. C'était alors la panique dans les environs. Dès le premier cri d'alarme, les rues se vidaient. Les adultes comme les enfants rentraient chez le voisin le plus près, sans se soucier de tout ce qui les aurait en d'autres temps empêchés d'y mettre le pied. Les mesures de guerre rapprochent, c'est bien connu. Tout le monde appelait tout le monde pour informer tout le monde des cachettes de tout le monde pour s'assurer que personne ne soit en danger. Finalement, le Général sortait de chez lui en veste de camouflage, le pas militaire et l'œil vif, partait à la recherche de Gros Minet en empruntant le centre de la rue tant la ville ainsi désertée s'était départie de ses frontières traditionnelles. Il trouvait toujours le cabot terré dans le fond d'une ruelle, en train de dépecer quelque vieux sac de poubelle oublié, l'attachait, après l'avoir bien taloché, *manu militari*, reprenait le même chemin — entente tacite, tout le monde attendait — et saluait à la ronde comme la reine du Carnaval pour officialiser le retour de la paix.

Ma plus désagréable cliente, et la plus chiche, était Badaboum.

— Viens ici ! Va chez Pap, ramène-moi une barre Mars pis un chip au vinaigre. Tu vas pouvoir garder le change si y en reste. Grouille !

Je courais chez Papillon, revenais rapidement et bâclais la transaction sans jamais ouvrir la bouche. Le montant était calculé au cinq sous près. Ça m'était égal. De tous les sentiments confus que j'éprouvais alors pour cette grande masse de chair aigrie prématurément, il ne m'est resté, plus tard, que la pitié, ce sentiment ignoble que nous inspirent l'impuissance et le mépris. Bien malgré nous. Toutes les démarches qu'elle entreprenait pour se faire dire par des spécialistes qu'elle était le pauvre jouet d'un pernicieux dérèglement hormonal échouaient lamentablement. Elle se croyait donc doublement victime, à la fois de cette fatalité qui s'acharnait sur elle et de l'incompréhension crasse d'à peu près tout ce que le pays comptait de spécialistes en matière de grosses affaires inexpliquées. Son corps immense gorgé de solitude était tout simplement insatiable. Toute cette absence autour d'elle, impossible à circonscrire, se transformait en graisse. Je n'aurais jamais eu le courage de lui dire ça et encore moins d'être son amie. Je participais à son malheur en ne l'aimant pas et je m'en voulais. Alors je faisais les courses pour cinq sous, sans rechigner.

La présence de Badaboum à nos côtés était par ailleurs fort utile à mes parents. Certains des règlements qu'ils avaient institués pour la bonne marche de notre famille semblaient à priori un peu ridicules, mais trouvaient leur justification dans l'irréfutable preuve de leur valeur que constituait Badaboum. Même si la télécommande pour le téléviseur avait été conçue pour que le téléspectateur puisse se balader de chaîne en chaîne tout en demeurant confortablement assis dans son fauteuil, il était chez nous formellement interdit de l'avoir en main. L'emplacement que lui avait choisi mon père était le seul qu'elle occuperait jamais : sur le téléviseur. Même si le raisonnement qui justifiait cette règle relevait d'un syllogisme des plus fallacieux (Badaboum utilise toujours à distance la télécommande, or Badaboum est obèse, donc les télécommandes rendent obèses), le caractère imposant du contre-exemple qu'elle représentait suffisait à nous convaincre de son bien-fondé.

L'énormité de l'argument permettait à mon père de faire de petites entorses au sens commun.

J'ai rapidement abandonné l'idée de garnir le portefeuille de ma mère, puisqu'à mon grand désespoir rien ne changeait. La minutieuse étude de mœurs que je menais sur mes parents révélait plutôt que les choses s'aggravaient — le mot « chose » étant à ce moment ce qui me permettait de nommer, avec le plus de précision, ce qui se passait. Je me suis contentée, par la suite, de me rendre discrètement à l'épicerie pour les menues nécessités, quand j'arrivais à me cacher. Et nous mangions quelquefois des céréales.

Mon impuissance à aider mes parents m'apparaissait d'autant plus grave que Lady Oscar y parvenait brillamment, elle. Après avoir tergiversé quelque temps entre les choix de vie qui s'offraient à elle — être une femme de la noblesse et se morfondre dans l'oisiveté jusqu'au mariage forcé ou devenir le capitaine de la garde royale et sauver héroïquement, plusieurs fois par jour, la vie de la reine —, elle avait choisi ce qui s'imposait. Une fois dans les bonnes grâces de Marie-Antoinette, qui l'avait tout de suite aimée d'une tendresse dont on pardonnait d'emblée l'ambiguïté, Oscar put annoncer à sa mère que la reine souhaitait en faire l'une de ses dames d'honneur. Un privilège extraordinaire qu'elle n'a évidemment pas pu décliner. Elle avait donc comblé son général de père en se lançant à corps perdu dans ce poste de capitaine qui revenait à la famille depuis des générations et avait hissé sa mère jusque dans les jupes de la femme du roi par la même occasion. Pas mal, pour une gamine de quatorze ans. Mes quelques dollars lancés inutilement dans l'abîme d'un sac à main sans fond me paraissaient, par opposition, d'un ridicule que ma condition d'enfant ne justifiait pas : on avait pratiquement le même âge.

On pourrait penser que je m'y prenais de travers, en jouant les bailleurs de fonds, et qu'il aurait suffi d'être une bonne enfant pour ajouter, dans la mesure de mes moyens, au bonheur de mes parents. Mais j'étais vainement une bonne enfant.

Nous étions des enfants serviables, certes, mais également polies et bien élevées, comme il ne s'en faisait déjà plus. Les parents de nos amis et ceux que la rumeur alertait se bousculaient à notre porte pour venir cueillir le Graal de l'enfant parfait que ma mère semblait posséder. Elle ouvrait la porte à des femmes affolées qui tenaient le collet de leur petite laine bien serré pour empêcher que leur tête n'aille rouler du palier où ma mère les retenait jusqu'à la rue. Elle se faisait plutôt laconique dans ses enseignements, puisque l'élevage lui-même lui laissait peu de temps pour en discourir.

— Oublie jamais que c'est toi le boss. C'é toute. Pis gâte-les pas.

— Je veux ben, mais ils m'écoutent pas.

— Ils t'écoutent pas ?

— Ben non. Mettons que je leur dis de se ramasser…

— Ouin…

— Ben ils se ramassent pas. Ils me disent ouais ouais, mais ils le font pas.

— Dis-moi ce que tu leur dis quand tu leur demandes de se ramasser.

— Ben… je leur dis… : « Ramassez-vous, sinon vous allez voir ! »

— Ils vont voir quoi ?

— Bof, je sais pas trop, je pense pas vraiment à ça avant. Je le dis de même…

— Ben c'est ça.

— Quoi, c'est ça?

— T'as pas de conséquence.

— Pas toujours… hier, par exemple, je leur ai dit que j'allais fermer la télé s'ils se ramassaient pas…

— Pis?

— Je l'ai éteinte!

— Pis?

— Ils l'ont rallumée quand je suis sortie du salon.

— Pis là?

— Ben là, qu'est-ce que tu voulais que je fasse?

— OK. Ça doit faire longtemps qu'ils t'écoutent pas?

— Ils avaient deux-trois ans pis c'était déjà de même. Ils m'ont jamais écoutée, ces enfants-là!

— OK. Écoute bien. C'est simple. La prochaine fois, tu leur dis ça: « Ramassez-vous, sinon je lance vos cochonneries dehors. » Tu leur laisses quelques minutes, mais on sait qu'ils bougeront pas…

— Ben non.

— Là, tu le redis, une deuxième fois, un peu plus fort, sans crier. Mettons qu'ils bougent pas plus…

— C'est sûr.

— T'insistes pas. Mais tu commences à te promener avec ton panier à linge que tu remplis de tout ce qui traîne dans la maison, tout ce que t'aurais voulu qu'ils ramassent, le linge, les livres, les souliers, les sacs, les cassettes, les casquettes, les bobettes, pis tu ouvres la fenêtre…

— Quelle fenêtre?

— N'importe laquelle, en autant que ça donne en bas.

— OK.

— Pis tu lances tout en bas.

— Il fait moins vingt.

— C'est parfait. Quand c'est fait, tu leur dis bien calmement : « Vous irez dehors chercher vos cochonneries. »

— Je reste au troisième.

— C'est encore mieux. Moi, du deuxième ç'a fait des
miracles, imagine du troisième.

— Mais ils vont être choqués ?

— J'espère qu'ils vont être choqués ! Pis si tu veux qu'ils
soient vraiment choqués, tu rajoutes « mes chéris » à la fin
de ta phrase. Ça les rend fous. Tu vas voir, la prochaine fois
que tu vas les menacer de lancer leurs affaires dehors, ils
risquent de se lever un peu plus vite.

Mais n'imite pas les professionnels qui veut. Les mères
s'en retournaient, remplies de cette grâce que dispense la
pensée magique. « Je suis le boss, c'é toute. Je suis le boss, c'é
toute. » Elles inspiraient profondément, se campaient dans
un rôle mal préparé et allaient se briser la confiance sur les
dents acérées de ces jeunes, les leurs, rompus depuis toujours à l'exercice de la confrontation et de la résistance. Sans
comprendre ce qui n'avait pas marché.

Nous offrions aussi à nos parents, selon une entente
tacite, ce qui seyait à leur état de parents enseignants (ma
mère l'était de formation) : le succès scolaire. En fait, l'idée
ne nous serait même pas venue d'être autre chose que des
premières de classe. Le directeur appelait à la maison, au
début et à la fin de chaque année scolaire, pour inviter ma
mère à rétablir la situation intenable de ces petites qui
devaient s'ennuyer ferme à l'école en leur faisant « sauter »
une année. Ma mère, rassurée par ces coups de téléphone,

refusait toujours catégoriquement ses offres en lui servant la même ritournelle cousue de prosaïsme.

— Vous êtes bien gentil, je sais que vous voulez bien faire, mais il en est pas question. C'est ben beau pour tout de suite, la 3ᵉ et la 4ᵉ année, c'est la même affaire, mais qu'est-ce qu'elle va faire rendue au secondaire, quand elle va avoir encore envie de jouer aux élastiques? Ils jouent plus aux élastiques au secondaire...

— Oui, je sais, madame...

— Pis ça, c'est sans parler des seins...

— Euh...

— ... qui seront pas encore poussés. Imaginez ce qui arriverait quand viendrait le temps d'aller en éducation physique, pauvre enfant...

Le directeur était un homme qui, à défaut d'une pénétration profonde de tout ce qu'impliquait socialement un tel changement, ne manquait pas de convictions pédagogiques.

— Oui, peut-être, mais pour sa formation académique...

— Ah ben ça, ça peut attendre. À quoi ça va lui servir de faire de l'algèbre du secondaire si elle est trop petite pour se défendre dans l'autobus? Elle va gagner quoi de toute façon en devenant une adulte un an avant le temps?

— Et bien...

— Un an de moins pour jouer aux élastiques. C'est pas une bonne idée.

Alors voilà, je ne voyais rien d'autre que le portefeuille.

Malgré tout, il y avait des périodes d'accalmie où mon père baignait dans une telle quiétude que j'en arrivais presque à oublier, moi aussi, qu'il était malheureux. Pendant la belle saison, le soir venu, tout le quartier prenait d'assaut les balcons, ces loges qui faisaient de la rue le théâtre de mille petites tragicomédies dont tout un chacun était à la fois le spectateur et l'acteur. On s'assoyait pêle-mêle sur les chaises, les garde-fous, les marches, et tout le monde vivait là ses derniers moments de la journée dans une proximité qui aurait été intolérable en plein jour. Tout était noir, et la présence des voisins se devinait, pour l'oreille familière, à l'entrechoquement des bouteilles qui ponctuait de notes cristallines la rumeur feutrée des conversations. Un sourd qui serait passé par là se serait cru seul.

Mes parents se berçaient, discutaient d'à peu près rien, comme toujours, réfléchissaient aux choses qu'il aurait fallu régler dans la journée et de ce qu'il conviendrait de faire le lendemain, nous jetaient un œil bienveillant, saluaient d'un coup de menton les retardataires qui se pointaient aux balcons et ceux qui descendaient de leur perchoir pour le ravitaillement. Chez Papillon, bien sûr.

On finissait par se croire en altitude tant on fumait de bonheur sur ces hauteurs. Avec Roger qui se joignait désormais à nous, les soirées gagnaient beaucoup en couleurs. Il aurait pu fournir plusieurs générations de conteurs avec toutes les histoires qu'il avait engrangées pendant ses trente années passées à l'asile, même sans compter les plus tristes d'entre elles qu'il ne raconterait jamais.

Entre deux histoires, on discutaillait, souvent d'avenir, le sujet préféré de Roger, puisqu'il impliquait qu'il serait mort. Ça tombait bien pour moi, j'avais déjà fait des choix.

— Moi, je vais m'occuper de la reine.

— Quessé que tu veux y faire, à'reine?

— Je vais m'occuper que les gens l'empoisonnent pas.

— Qui c'é qui veut empoisonner c'te vieux boudin-là ?

— Laisse faire, tu comprendrais pas.

— Ben non, c'é ça, j'sus juste un vieux con.

Jeanne, qui profitait de ces bouts de soirée pour se détendre un peu, lâchait un moment le cube Rubik qu'elle triturait nonchalamment pour tenir son rôle officiel de rabat-joie.

— Y en a même pas de reine ici. Elle est de l'autre bord, pis tout le monde s'en fout. Ça changerait absolument rien si elle mourait.

— Ah ! dégage, va donc jouer aux échecs.

4

Les années coulaient doucement, je grandissais, les Simard aussi — dans la dimension où ils pouvaient encore le faire —, la France de Lady Oscar s'embrasait doucement, de saison en saison, au Canal Famille, et Roger ne mourait toujours pas.

Pendant ce temps, les dents de ma sœur Margot avaient pris l'initiative de percer ses gencives selon leur propre inspiration, disons plutôt atypique. Les spécialistes consultés par ma mère étaient tous d'accord : il fallait des broches, pas moyen d'en sortir.

— Autrement, il faudrait tout arracher, attendez que je compte... une, deux... trois..., ouvre plus grand, ma belle... hum hum... sept, huit... bon, au moins huit dents tout de suite, peut-être même plus, faudrait que je fasse d'autres radios, et ça c'est en souhaitant que toutes les dents veuillent bien descendre en même temps, à la bonne place, ce qui serait surprenant.

Le pauvre homme. En essayant de convaincre ma mère de l'absurdité de cette autre solution, ricanement à l'appui, il venait de lui fourrer dans la tête la certitude que les broches n'étaient pas nécessaires. Elle avait les convictions de ses moyens.

— Mais vous trouverez jamais un dentiste qui acceptera de faire ça.

— Ben voyons, je trouverais dans l'heure quelqu'un pour vous faire assassiner, si je voulais.

Lueur d'incertitude dans l'œil du dentiste.

— C'est une façon de parler, là. Inquiétez-vous pas. Pis si je trouve personne, je le ferai moi-même.

— Madame, vous y pensez pas, voyons…

— Je vais me souvenir de celles que vous avez pointées, je vais m'en souvenir. De toute façon, on le voit assez bien celles qui sont de trop.

— Vous pouvez pas faire ça…

— Ah non ? Je peux pas ? Savez-vous ce que je peux pas lui faire, à cette enfant-là ? C'est laisser ses dents pousser de même en les regardant s'embarquer les unes sur les autres parce qu'y a pas assez de place dans sa bouche, pis lui dire à quinze ans, quand elle pourra plus se regarder dans un miroir, qu'on aurait peut-être dû essayer d'en arracher quelques-unes, dans le temps. Mais que là, y est trop tard ! Pis si vous pensez qu'en laissant le bordel s'installer bien comme il faut là-dedans, ça va vous faire vendre un beau petit *kit* de broches à cinq mille piasses, vous vous trompez. Ça fait qu'on arrache. C'é toute.

Une fois la stupeur passée, le dentiste a demandé à ma sœur, tout en ne quittant pas ma mère des yeux — les images qu'elle employait pour se faire comprendre l'inquiétaient un peu —, d'ouvrir à nouveau la bouche bien grand. Il a pris un moment pour nous regarder, les trois autres, comme s'il cherchait dans nos physionomies ou nos accoutrements la preuve qu'il n'avait pas vraiment affaire à une mère désaxée désinstitutionnalisée. Je le regardais intensément pour qu'il comprenne bien que, malgré les apparences, je n'étais pas qu'une fillette de dix ans. Jeanne construisait des ponts et autres monuments compliqués avec une longue corde qu'elle entortillait savamment autour de ses doigts et Catherine, obnubilée par l'espèce de bras canadien qui pendait du plafond au-dessus d'une chaise de bronzage sur pied hydraulique, s'amusait à s'aveugler en fixant la lampe. Le portrait familial a semblé le satisfaire, puisqu'il s'est risqué à nous tourner le dos pour réexaminer le champ de bataille de la bouche de Margot.

— Ouf! Faudrait aussi enlever les canines du haut, à ce compte-là.

— Enlevez-les.

— C'est pas des dents de bébé, celles-là, madame.

— C'est vraiment nécessaire, ces dents-là?

— C'est pratique pour déchirer les aliments, couper les viandes coriaces, par exemple. C'est aussi beaucoup plus esthétique de les garder. On n'enlève pas ça…

— Elle mangera ses steaks bien cuits.

Démission totale du dentiste qui a laissé tomber ses bras et toute sa science orthodontique. Il a fait appeler ses deux hygiénistes dentaires et nous a mises toutes trois à la porte. Ma mère devait rester là pour permettre à Margot de garder son calme pendant qu'on lui arracherait des morceaux de tête.

Quand ma mère est reparue, exténuée mais soulagée, elle tenait dans ses bras la petite qui paraissait encore plus petite maintenant qu'on lui avait retiré tant d'os. Le dentiste qui la suivait, dont la blouse témoignait de la boucherie qui avait eu lieu, n'en finissait plus de balayer la tête d'un côté et de l'autre en marmonnant pour lui-même des choses incompréhensibles.

— Il faut absolument qu'elle continue de mordre dans le coton. C'est bien important. Ma secrétaire va vous en donner un gros sac, faut changer les compresses dès que vous voyez qu'elles sont trop imbibées de sang. Pour les prochains jours, pas d'énervement, seulement des liquides, à la paille. Après avoir bu, toujours bien rincer avec beaucoup d'eau pour garder les plaies propres. Appelez-moi s'il y a quelque chose.

— Merci beaucoup. Ça va aller.

— Laissez-nous les petites pendant que vous allez chercher l'auto, ça va vous faire ça de moins…

— On prend l'autobus.

— L'autobus?

— On arrive en autobus, on repart en autobus. Les grandes vont m'aider. Merci.

— Mon dieu…

Et sur ces saintes paroles, nous sommes sorties de la clinique où nous sommes si souvent revenues par la suite : le Boucher, surnom qu'a reçu le dentiste ce jour-là pour ses loyaux services, avait beaucoup plu à ma mère. Elle lui avait trouvé des façons de faire qui s'accordaient avec son tempérament.

Margot marchait lourdement, en retrait, ma mère n'arrivant plus à la soulever. Mais une fois dans l'autobus, tout s'est bien passé, les gens nous ont cédé leur place, apeurés par la petite bête sanguinolente qui nous accompagnait. Nous l'avons alors coincée entre ma mère et moi, pour lui servir d'assises. Dans son coin, Jeanne confectionnait des toiles d'araignées octogonales qui la gardaient, comme toujours, bien loin de nous. Catherine s'est réfugiée sur les genoux de ma mère pour s'y recroqueviller, comme un petit chat. Le roulis de l'autobus l'a emportée au deuxième arrêt. Moi, j'attendais l'occasion d'être courageuse. Les petites étaient épuisées et il y avait beaucoup de sang, les chances étaient bonnes.

— Garde ta petite sœur réveillée, s'il te plaît.

La tête de Margot, à moitié endormie, tombait sur mon épaule. Heureusement, la couleur crème de mon chandail laissait bien voir les taches rouges, rapidement sombres, de son sang que les cotons n'arrivaient pas à contenir. Par la bande, j'étais enfin un peu blessée.

— Pourquoi ?

— Parce que je te le demande.

— Mais elle est super fatiguée.

— Je t'ai dit de la garder réveillée. S'il te plaît.

— Mais pourquoi ? Ti-Pou dort, elle.

— …

— Hein ? Pourquoi elle peut pas dormir, elle ?

— T'es fatigante, maudit que t'es fatigante des fois… parce que je saurai pas si elle dort ou si elle est évanouie, m'a-t-elle murmuré.

Merveilleux ! On nageait en plein drame. Margot saignait trop, ça se voyait d'ailleurs. Elle pouvait s'é-va-nou-ir, quelle chance, un mot onctueux qui avivait tous mes idéaux romantiques, moi qui rêvais depuis si longtemps de tomber dans les pommes élégamment quelque part à la vue d'une foule en émoi, ou du moins qui le deviendrait en me voyant m'effondrer, exsangue. Mais il ne s'agissait pas de moi, pas cette fois, je savais espérer. Pour l'instant, je devais garder Margot réveillée, ce qui se ferait sans peine.

— Margot, qu'est-ce que tu voudrais pour ta fête ?

— Des talons hauts.

— Des talons hauts ?

— Oui !

— Pourquoi des talons hauts ?

— Parce que j'aime ça, les talons hauts.

Changement de cotons.

— De quelle couleur tu les veux, tes talons hauts ?

— Rose. Ou mauve. Ça me dérange pas.

Tant qu'on parlerait talons hauts, les limbes n'auraient aucune emprise sur elle. Ma mère m'a esquissé un sourire qui disait quelque chose comme bonne idée, je n'y aurais pas pensé.

Malgré tout, une fois sur le trottoir, Margot n'a plus voulu marcher. Même les tonnes de souliers qui lui emplissaient la tête ne parvenaient pas à lui faire mettre un pied devant l'autre. Et comme Catherine dormait toujours dans les bras de ma mère qui serrait les dents pour se donner un peu de force — je le voyais à ses joues creuses et à l'écartèlement peu coutumier de ses narines —, j'ai installé Margot par-dessus mon épaule, tête en bas, dans mon dos, et je me suis mise à marcher très rapidement, mais « sans énervement », pour franchir les deux longs coins de rue qui nous séparaient de l'appartement.

Ça tombait bien. Pas plus tard que l'avant-veille, Lady Oscar avait déjoué un complot fomenté contre la reine et s'était retrouvée seule, aux confins d'une forêt isolée, à poursuivre les dangereux criminels. Qui l'avaient coincée. Et encerclée. Et attaquée pendant la pause. Où était André à ce moment-là ? Le meilleur ami, le bon, le fidèle André ? Nulle part. L'histoire raconte que son cheval s'était cassé quelque chose, qu'il avait été forcé de l'abattre et qu'il avait dû parcourir des kilomètres à la course pour trouver une autre monture et venir sauver Oscar. Peu importe, il n'était pas arrivé à temps. Oscar s'était fait poignarder. On l'avait laissée pour morte, seule en pleine nuit. Elle avait rampé, en puisant des forces dans sa honte d'avoir été piégée et dans son inquiétude pour la reine, jusqu'à l'orée du bois où ses hommes l'avaient retrouvée, à l'aube, moribonde. Je ne vous raconte pas l'affliction d'André quand il l'a retrouvée. Physiquement, ça ressemblait à une syncope vagale. Je venais de comprendre qu'il en était amoureux.

Oscar n'avait mis qu'une journée à se remettre de tout ça, puisque déjà, dans l'émission suivante, on ne pouvait plus la garder au lit, le devoir criait en elle plus fort que la douleur. Je pouvais comprendre ça. Elle avait titubé jusqu'à son superbe cheval blanc, puis les blessures s'étaient résorbées en quelques heures. On guérissait plus facilement à l'époque.

Je traverserais donc la forêt sans problème et ramènerais Margot, saine et sauve. Son sang coulait sur moi, lave chaude qui me brûlait le dos, et devenait le mien. Oscar s'emparait de moi. Je devenais forte, je ne sentais plus ni mon corps ni mes blessures, je fendais l'air les yeux grands ouverts, sans sourciller — c'était mieux pour faire venir les larmes —, j'aurais même souhaité que ce soit encore plus difficile, il me restait un peu de souffle.

— Pis quand tu seras grande… (respiration difficile) qu'est-ce que… tu vas faire… Margot ?

— Je e e vou ou o drais ais ais ai a a a voir oir oir un un un château eau eau plein ein ein de e e souliers é é à à à ta a a lons on on hauts ô ô ô…

Je restais, même dans l'adversité, tout à fait connectée à la réalité et consciente des devoirs qui m'incombaient. Malheureusement, mes jambes commençaient à trembler, la nuit tombait sur la forêt d'immeubles et je perdais toujours plus de sang. J'entrevoyais vaguement la silhouette de ma mère qui se tournait vers moi et bougeait les lèvres sans émettre un son. Elle voulait que je devine quelque chose, comme dans *Les 100 tours de Centour*, pour m'amuser peut-être, je n'étais encore qu'une enfant à ses yeux. Une brume légère voilait mon œil, j'allais défaillir, je le sentais à cette distance qui s'installait entre moi et cet autre moi-même qui s'agitait sous ma petite sœur, mais je devais tenir jusqu'au moment de déposer ma charge dans un coin douillet, il en allait du sort de la France. Et là seulement, enfin, et seulement là, je m'évanouirais. En beauté.

Comme mon exaltation s'est révélée un peu trop forte pour mon corps plutôt chétif, j'ai quitté la scène avant l'arrivée. Au retour de l'image, en son et en lumière, Roger se trouvait devant moi, les bras chargés de Margot qui continuait bravement à vivre, la bouche bordée de deux grandes rivières de sang que le barrage de coton ne pouvait décidément pas retenir. Je tenais debout, sans plus.

— Ça va, ma p'tite catin ?

— Elle doit être contente, elle se prend toujours pour Napoléon, a lancé Jeanne qui roulait des yeux de merlans frits en feignant de ne pas me voir.

— Rapport avec ton Napoléon.

Je venais de faire un effort surhumain pour rappliquer en vitesse et lui répondre, à celle-là. Napoléon ! N'importe quoi, la Révolution n'avait même pas encore eu lieu. Mais dans l'instant, « rapport » était ce que ma connaissance du personnage et des circonstances historiques m'offrait de plus éloquent. Et l'autre escogriffe qui se permettait de m'appeler sa petite catin et qui jouait les sauveurs. Ça ne me plaisait pas du tout qu'on empiète ainsi sur mon personnage et ça devait se voir.

— Déchoque-toé, maudite affaire, t'en avais assez fait. Je passais par là.

— Je te crois pas.

— Je reste à côté, par où tu veux que je passe, simonaque?

— Par l'autre bord.

— Je m'en allais au dépanneur, pis y é de c'te bord-citte.

— J'aurais pu l'amener toute seule jusque chez nous. T'avais juste à y aller, au dépanneur.

— Pauvre'tite, t'étais sur le bord de t'effoirer à terre. 'Est ben trop lourde pour toé.

— Rapport, j'allais pas m'effoirer, je réfléchissais.

— Ben justement, t'étais occupée, Saint-Chrême.

— J'te crois pas que tu passais par là, t'es toujours dans mes jambes, tu fais exiprès.

Ma mère gravissait déjà les marches de l'escalier, Roger à sa suite. Je suis restée dehors, assise sur la première marche. Ça faisait sérieux. Et permettait à mon sang de reprendre sa place dans mon corps et ma tête. Je serais bien allée voir ailleurs si j'y étais, mais je n'osais pas à cause de mon chandail trempé de sang. Les gens se seraient imaginé que je venais de tuer quelqu'un ou que j'étais une malpropre.

— Bon, tout est correct. Ta mère fait dire d'aller te changer.

— Je vais y aller si je veux.

Faux. Ce que maman C'é-Toute veut, l'enfant le veut. J'ai quand même attendu quelques minutes avant de me lever, histoire de lui faire croire — mais il devait avoir compris, depuis le temps — que je n'étais pas si docile. Pour me ménager une fuite facile vers l'appartement, je lui ai lancé l'une de ces phrases sans appel qui viennent d'ordinaire clore un chapitre ou marquer un changement de scène au cinéma.

— Pis arrête de me suivre sur ma *run*. J'le sais, que tu m'espionnes.

C'était le premier ordre que j'osais donner à un adulte. J'ai écarté les jambes en le toisant du regard. De mon œil pénétrant plein de larmes et de lumière bien sûr. Mais il tenait vraiment à me gâcher la vie.

— C'est Fred.

Merde. Je ne voulais pas savoir, mais j'ai été forcée de revenir, pour savoir.

— Quoi, Fred ?

— C'est lui qui m'a demandé de te surveiller.

— Pourquoi me surveiller ?

— Parce que.

— Ben là, franchement, Fred a peur de tout, faut pas que tu l'écoutes.

— …

— Il veut même pas aller en bas de la côte !

— …

— Il est super fin, Fred, mais des fois il raconte n'importe quoi.

— Maudit ta… de Saint-Ci… de…

— Ben quoi, c'est vrai.

— Fred est mort, la petite.

— Ben non, il passe le journal.

S'obstiner est une bonne façon de gagner du temps. Ce fait, même inutile, me donnait l'illusion de pouvoir revenir sur ce « Fred est mort » que mon cerveau régurgitait.

— Hier matin.

Ça devait ressembler à ça, le big-bang. Une révélation, quelques mots, « mort », « hier matin », qui soudainement viennent chambarder l'ordre cosmique. Le moment où un ensemble de certitudes hypercondensées, qui tiennent leur force de leur fusion, subissent un premier grand choc qui les pousse, les transforme en doutes entre lesquels, dans les interstices de leur système en expansion, se glissent aisément la peur et l'angoisse. Et quelques bondieuseries pour les trop grands vides. Ma tête venait d'éclater. La mort, ce concept fait de mots couverts ou des cris de Roger, se révélait à mon esprit innocent.

— Y é mort de vieillesse dans sa chambre. C'é ce qu'y a de mieux.

Je ne savais même pas qu'il fallait mourir de quelque chose. Et encore moins qu'il y avait une meilleure façon de le faire.

J'allais entrer chez moi, faire à la suite tout un tas de choses normales sans y penser, mais soudain je n'ai plus su où aller, ni comment marcher ou habiter mon corps. Mon pied est resté suspendu dans les airs, ce que je devais en faire ne m'apparaissait plus très clairement. J'ai attendu, en essayant de respirer, comme pour les crampes. Bien sûr, ça aurait été plus facile avec maman pour me regarder, mais je ne savais plus vraiment où la trouver. Mes repères s'effritaient, tout se dématérialisait.

— Assis-toi icitte, maudite affaire, tu vas t'écraser.

Mauvaise journée : deux évanouissements ratés dans un même quart d'heure de non-gloire.

— Y é ben, là, y é enfin tranquille.

— Il voulait crever, lui aussi ? ai-je fait en me surprenant de savoir encore parler.

Il a penché la tête doucement sur le côté, comme abattu tout à coup par une immense fatigue et m'a jeté un regard que je ne lui connaissais pas, plein d'une infinie tristesse. C'était la première fois que je lui voyais une tête de père, un peu coupable, une tête d'inquisiteur bien forcé de reconnaître que la véritable hérésie, c'est de croire à l'existence des sorcières.

— Ben non, p'tite vermine, tout le monde veut pas crever.

Je n'en étais pas convaincue.

Le sang finissait de sécher dans mon dos. Ma mère, descendue s'enquérir de ce que je faisais de son ordre, est vite remontée quand elle nous a vus ainsi prostrés sur la même marche du palier dans un mutisme solennel; ma mère savait tout et devinait le reste. Nous avons laissé filer le temps encore un peu. Roger a entrepris de me raconter l'histoire de Fred, à sa façon.

— Des fois, t'es pas chanceux dans 'vie, t'es sur le chemin quand la marde passe, pis a te ramasse. C'est comme ça. Fred était là quand l'ours a passé. À l'hôpital, on l'appelait l'Homme qui a vu l'ours…

Relais de narration. Fred était un grand amateur de chasse à l'ours. Chaque année, il appâtait religieusement ses bêtes quelques semaines avant l'ouverture de la chasse en allant placer, aux creux de vieilles souches d'arbres minutieusement choisies, des restants de table bien arrosés de graisse de bacon. Il tenait pour important de suivre toujours la même routine. Chacun de ses gestes respectait un protocole depuis de nombreuses générations. Mais contrairement à ses aïeux, il n'avait pas besoin de chanter pour avertir les bêtes de sa venue, les vrombissements du moteur

de son tout-terrain faisaient le travail. Avec sa carabine soli-
dement lestée sur son dos, il se pavanait de par les bois en
affichant la confiance d'un homme convaincu de n'avoir
jamais été trompé.

Mais un beau jour, pour changer la rime, il avait pris le
chemin inverse après avoir négligé d'emporter avec lui son
arme. Il avait donc bourré sa première souche en se félici-
tant d'avoir pu transgresser les règles sans problème. Tout
s'était aussi bien déroulé pour la deuxième souche, ce qui
avait achevé de le mettre en confiance. À la troisième
souche — ce n'est pas que j'aie voulu en faire un conte,
mais les choses se passèrent véritablement ainsi selon
Roger —, alors qu'il allait tourner les talons, il avait été surpris par un ours qui fonçait sur lui.

Le doux protecteur qu'avait été jusque-là son moteur
l'avait traîtreusement déjoué en couvrant l'approche de la
bête. Laissant alors tomber tout son attirail, il avait grimpé
au premier arbre qu'il avait pu atteindre. S'il avait cru un
instant qu'il s'en tirerait avec un piège dévalisé avant
l'heure, il avait rapidement déchanté. L'ours l'avait suivi,
lui, l'Homme, se désintéressant de tout ce qui avait été préparé selon son goût et avait aussitôt entrepris de le charger,
ne s'embarrassant ni des hauteurs ni des coups de botte que
Fred lui assénait avec la force du désespoir. La panique qui
l'avait d'abord envahi s'était vite transformée en terreur :
l'ours avait continué d'attaquer, sauvagement et sans
relâche. Chaque fois qu'il était repoussé, l'ours redescen-
dait, faisait deux ou trois tours sur lui-même et relançait
la charge. Fred s'était battu jusqu'à l'épuisement, en porte-
à-faux sur une branche qui tanguait dangereusement sous
son poids.

Le supplice avait duré plus de quatorze heures. Quatorze heures à croire le dernier moment venu à chaque nouvel effort de la bête, quatorze heures à maudire sa prétentieuse insouciance qui lui avait laissé croire que le reniement du rituel familial pouvait se faire sans fâcheuse conséquence, quatorze heures à imaginer la douleur d'être éviscéré, égorgé, grignoté vivant. À la nuit tombée, Fred était à bout de forces, ses jambes enroulées autour du tronc de l'arbre ne répondaient plus. Son corps n'en avait pas moins continué de résister, mais sans lui. Il s'était replié, très loin, à l'abri des ours enragés.

L'équipe de secouristes, alertée par madame Fred inquiète de ne pas voir son homme revenir pour le dîner, l'avait repéré au moment où il passait, autour de son cou, le nœud coulant de fortune qu'il s'était confectionné avec les vêtements retirés grâce à de périlleuses manœuvres. Valait mieux en finir d'une façon plus certaine et surtout plus rapide.

L'ours avait pris la fuite avec l'arrivée de l'escouade tactique de sauveurs. Mais Fred, qui travaillait avec un acharnement aveugle à solidifier les liens de la corde qui promettait de le libérer, n'était plus là. Il se dévouait à bien orchestrer sa mort. L'ours le dépècerait n'importe comment. Les causes de la mort et le temps de l'agonie devenaient trop incertains. Lui voulait bien mourir, d'une façon contrôlée. Tout le reste ne comptait plus. Les secouristes n'avaient donc pas eu à sauver un homme de la furieuse attaque d'un ours enragé, mais à convaincre un désespéré de ne pas se tuer.

On l'avait ramené à la maison, mais jamais totalement. Une partie de lui s'était réfugiée, pour survivre, dans un monde demeuré à jamais inaccessible. Ce qui s'était détraqué en lui ce jour-là avait miné à jamais l'ancien Fred. Il s'était bien recomposé, avec le temps, un personnage pour jouer au jeu de la vie normale, mais cette fragile coquille menaçait à tout instant de se briser et de l'isoler du monde. Le travail des psychiatres et des psychologues n'avait que calfeutré en surface les ornières que la peur soutenue avait creusées dans son esprit.

— Des fois, à sa job, y le retrouvaient roulé en boule en dessous d'une table en train de brailler comme une Madeleine. Pauvre gars, la capine sautée. C'est fragile, un cerveau…

— Y avait des ours à son travail?

— Ben non, y travaillait aux postes Canada, au centre-ville.

— Ah.

— Y avait des fils qui se touchaient là-dedans.

— Où?

— Dans sa tête fêlée.

— Comment ça?

— C'é de même. Quand ça se fait trop brasser, une tête, après ça marche pus aussi ben.

— Pourquoi?

— Bon. Va te changer avant que je me mette à sacrer. Ta mère t'attend.

J'ai soudain eu besoin d'une bonne dose de souffrance simple, faite de blessures sanglantes pour m'empêcher de chavirer. Si le cerveau était aussi peu baraqué que le disait Roger, fallait lui donner des soucis à sa taille. Margot était là, heureusement, qui souriait de toute son absence de dents, la bouche remplie d'un liquide grenade et de coton propre. On l'avait bien calée dans le fauteuil de mon père, recouverte d'une grosse doudou. Ma mère lui avait apporté une paire de talons hauts qu'elle auscultait attentivement, comme on étudie un objet d'une trop grande beauté pour en comprendre les mécanismes et se défaire de son envoûtement. Quand elle m'a vu arriver, au lieu de me présenter l'un de ses trophées, elle a doucement fait glisser son index le long de sa joue, depuis son œil, par le chemin qu'empruntent les larmes en suivant les sinuosités du visage. Ça m'avait échappé : je pleurais. Mes mains se sont empressées de balayer la fuite. J'ai ravalé le reste de mes larmes pour plus tard.

Margot, qui a cru que c'était pour elle que je m'en faisais, s'est redressée pour me prouver que tout allait bien et que ça ne faisait pas mal. Mais son petit visage qui commençait à se crisper, en silence, montrait que l'anesthésiant ne gagnerait plus longtemps sur la douleur. Ce quiproquo pourtant m'arrangeait : je ne pouvais quand même pas lui dire que Fred venait de mourir, vingt ans après sa bataille contre l'ours. Elle avait déjà peur des chiens. Autant qu'elle aimait les chats.

Les petites formules creuses par lesquelles on console sont demeurées coincées quelque part dans le gosier de ma mère, si bien que je ne les ai pas entendues. Elle avait cependant trouvé, comme toujours, un moyen de se faire entendre du fond de sa maladresse.

— Congé d'école cet après-midi ! Pour tout le monde.

— Pourquoi ? a demandé Jeanne qui avait toujours besoin d'un support rationnel.

— Parce que c'est la journée internationale des Dallaire, a répondu ma mère qui connaissait sa fille mieux que personne.

— Hein ? Aujourd'hui ? Comment ça ? Depuis quand ?

— Depuis toujours, avant on le fêtait pas. C'é toute.

On était le 17 avril. Personne de notre famille n'a plus jamais remis les pieds à l'école un 17 avril. Ma mère nous préparait même, chaque année, des billets d'absence officiels, sceau à l'appui, que mon père signait de ses grandes lettres toutes droites, régulièrement formées, disciplinées à bien se tenir entre les lignes, même celles imaginaires des feuilles blanches. L'idée originale de cette fête s'est vite répandue. Comme c'était à prévoir, quelques familles sans individualité ont cherché à nous imiter, sans parvenir à conférer à leur date le statut de la nôtre.

C'est cachée dans la cour de l'école que j'ai suivi les funérailles du vieux Fred. En partie. Bien sûr, madame Corbeau était de service, attifée de son hypocrisie naturelle qu'un lourd maquillage de deuil cachait mal ; elle ne venait pas saluer le mort, seulement surveiller tous les vivants en feignant de partager leur peine à grands coups d'embrassades et de poignées de main similisincères. De la masse compacte très sombre que les gens formaient devant la porte se détachaient quelques enfants qui jouaient dans les escaliers pour tromper l'attente de quelque chose qu'ils ne comprenaient qu'à moitié. Ça finirait par des chips servies dans de grands bols de céramique et des canapés surmontés de petits cubes de similijambon chez une tante obscure. Ce qui me faisait quand même saliver.

Puis Roger s'est pointé, à peu près habillé convenablement, a serré quelques mains, ébouriffé la tête des petits morveux tombés par mégarde dans ses jambes, puis est reparti sans suivre la procession qui s'était mise en branle à l'arrivée du cercueil. Il n'avait pas besoin d'entrer, lui, son incommensurable et tonitruante ferveur l'en dispensait. Il a bifurqué vers moi — c'était un espion professionnel après tout, comment aurait-il pu ignorer que je me trouvais là ? —, a ralenti un peu une fois à ma hauteur pour s'allumer une cigarette.

— C'est qui, eux autres ?

— Devine.

— Je sais pas moi, d'autres fous.

— Ses enfants, pis ses p'tits-enfants. Des p'tites vermines comme toé, a-t-il lâché en passant son chemin.

Mon cœur a pompé rapidement quelques litres de sang immédiatement redirigés vers mes jambes qui, à leur tour, m'ont catapultée dans le vestibule de l'église. S'entassaient là, dans un calme cérémonieux, les derniers arrivés qui tardaient à rentrer. Je détonnais un peu avec mon accoutrement de guenilles colorées, mais j'avais les idées noires et une tête d'enterrement qui convenait. Ils avaient tous l'air de gens parfaitement normaux. Un petit garçon s'est avancé vers moi, comme par réflexe d'identification, et m'a souri de ses yeux vert-de-gris. Il avait une tête à aimer les camps de vacances.

C'était mon premier mort, et la toute première fois que je me pleurais, moi qui ne croiserais plus cette vieille branche rassurante sur la route, dans mes matins noirs.

C'est à la même époque qu'est morte Madame Delaunais, l'une de mes clientes favorites. C'était un minuscule bout de femme qui s'attardait sans mémoire dans un siècle qui bougeait beaucoup trop vite pour elle. Elle habitait au coin des rues de la Ronde et Maufils, dans une belle petite maison qui lui ressemblait, elle qui portait, toute l'année, des cheveux bouclés blanc-bleu comme des myosotis printaniers.

— Bonjour, madame Delaunais.

— Bonjour, ma belle enfant.

— C'est moi, Hélène, votre camelot.

— Oui ?

— C'est le jour de la collecte.

— Oui ?

— On est jeudi.

— Ah ?

— C'est pour le journal.

— Je suis déjà abonnée.

— C'est moi qui livre le journal, le matin, et là vous devez me payer.

— Ah.

— On est jeudi.

— Ah oui, le journal. C'est combien donc ?

— C'est 2,35 $.

— Ah oui, 2,35 $. Rentre un peu, ma belle enfant. Attends-moi une minute. Le journal, 2,35 $, le journal, 2,35 $…

Elle s'éloignait dans un murmure mnémotechnique qui se mêlait au cliquetis de ses microscopiques sabots de bois. Je m'avançais un peu pour jeter un œil à l'intérieur du salon, tapissé de livres. Les cadres étaient posés dans les bibliothèques, appuyés sur des rangées de livres poussés au fond des tablettes. Quand elle revenait, au bout d'un moment, c'était généralement pour venir vérifier ce qui faisait du bruit dans l'entrée.

— Bonjour ?

— Bonjour, madame Delaunais.

— C'est à quel sujet ?

— C'est pour la collecte, pour le journal.

— Ah ?

— Je suis votre camelot, Hélène.

— Tu es une belle enfant. C'est de qui, tes beaux yeux bleus ?

— De mon père. Merci. Je suis ici pour le journal. C'est 2,35 $, madame Delaunais.

— Ah oui, le journal… excuse-moi. Attends un peu.

C'était si triste de la voir se souvenir qu'elle ne se souvenait pas. Elle faisait quelques allers-retours en trottinant pour revenir chaque fois me demander le prix. J'ai bien essayé quelques fois de lui laisser un objet, pour l'aider à se souvenir, mon poinçon pour les cartes d'abonnement, par exemple, mais elle se cassait la tête pour savoir quoi en faire, une fois dans sa cuisine, et ça l'embêtait doublement. Alors je me contentais de répéter, en prenant garde de conserver le même ton enthousiaste. Je ne voulais surtout pas qu'elle me sente exaspérée. Elle n'aurait pas compris pourquoi et elle aurait peut-être cru que les jeunes l'étaient tous avec les vieux. Je sentais déjà, même à cet âge, que ma génération, qu'on disait « sans valeurs », avait besoin d'être bien représentée. Moi, j'avais le temps. Et, de toute façon, elle y arrivait toujours.

Puis l'un de ces jeudis, c'est un grand gaillard bedonnant, dont la beauté passée se voyait encore dans les plis distordus de son visage, qui m'a ouvert la porte avec une force menaçante pour les fondations de cette maison plutôt habituée à la douceur du repos éternel installé là un peu à l'avance.

— Bonjour.

— Euh… bonjour…

— Oui?

— C'est pour la collecte, pour le journal.

— Ah, c'est vrai, faut que j'annule ça aussi. On te doit combien?

— Deux dollars trente-cinq, ai-je répondu sans enthousiasme.

— Tiens, m'a-t-il dit en me tendant du bout des doigts un 5 $ dégainé en un temps record. Garde la monnaie.

— …

— Ça va?

— Où elle est, madame Delaunais?

— Bien… elle n'est pas là.

— Où elle est?

— Où? Bien… elle est partie faire comme une espèce de long voyage…

— Elle est morte?

— Hein?… euh… oui… elle est morte.

J'avais vu neiger quand même, on n'allait pas commencer à se raconter des histoires.

— Quand?

— Il y a deux jours.

— …

— C'est comme ça la vie, ma petite…

— Elle est morte de quoi?

— Euh… bien… oui, euh… pourquoi tu demandes ça?

— Parce que.

— Tu sais, elle était très vieille, Blanche.

— J'le sais, franchement. Est-ce qu'elle est morte dans son lit?

— Bien… presque… on pourrait dire ça. Mais t'es petite un peu, me semble, pour demander des affaires de même.

— Rapport, j'ai dix ans.

D'après lui, elle recevait encore le journal parce qu'elle avait tout simplement oublié de se désabonner. Ça réduisait beaucoup mon rôle. L'univers de Blanche n'était, pour lui, qu'un amas d'oublis inextricables, dont je faisais partie. N'empêche, il n'était pas obligé de me le dire.

Quelques semaines plus tard, le ventru a fait une vente-débarras où j'ai acheté, pour cinq dollars, précisément parce que ça coûtait cinq dollars et que ça me donnait l'occasion de lui rendre son bout de papier, une grosse boîte de livres sans images que je n'ai ouverte que bien des années plus tard.

C'est comme ça que j'ai su que Blanche Delaunais avait lu Borges, peut-être juste à temps. Dans sa nouvelle « Tlön Uqbar Orbis Tertius », en effet, l'auteur présente un monde parallèle régi par des lois étranges et dans lequel, par exemple, ce qui n'est jamais vu par quiconque est appelé à disparaître. De nombreuses ruines sont ainsi sauvées de l'effacement éternel par le passage, dans une forêt oubliée, de petits animaux sauvages. J'ai alors pensé que, contrairement à ce qu'on avait essayé de me faire croire, son abonnement au journal participait d'un plan finement orchestré : j'avais peut-être été un moyen, semaine après semaine, de repousser sa disparition.

Là, ça me donnait un joli rôle.

5

— Pis l'Astronaute, lui?

— Bercé trop proche du mur quand y était petit.

— Pis Marie-Madeleine?

— J'te l'ai déjà conté. Fais-moé pas radoter.

— Pis Mathusalem?

— Lui, j'peux pas.

— Pourquoi?

— Parce que c'est triste en chien.

— Nan, tu dis tout le temps ça.

— Ben lui, c'est vrai.

— Pourquoi?

— Parce que t'es fatigante en maudit.

— Pourquoi?

— Parce qu'à ton âge on est supposé croire que le monde est toute ben beau pis ben fin.

— Naaaan, franchement, je suis pas épaisse.

Et ça devenait de plus en plus vrai. Le vernis de l'enfance s'étiolait doucement, craquait de partout, me laissant voir, derrière sa lumière aveuglante, les filaments de ténèbres qu'elle s'applique tant à cacher. Les épisodes de *Lady Oscar* délaissaient de plus en plus le faste et les intrigues de la cour pour montrer les germes d'une révolution qui se faisaient des racines, à l'ombre de Versailles, dans le cœur d'une

France qui n'en finissait plus d'enterrer ses enfants affamés pour nourrir les caprices d'une noblesse gâtée pourrie. Oscar commençait sincèrement à détester l'aristocratie à laquelle elle appartenait. Elle était sans cesse profondément choquée en découvrant toutes les injustices perpétrées. L'ordre social qu'on lui avait appris à respecter et à défendre chaque jour au prix de sa vie révélait toute sa médiocrité, son inhumanité. Quand le jeune Robespierre, encore étudiant, s'était pointé devant une foule de miséreux pour faire état de l'intenable situation, elle avait dû se rendre à l'évidence : une petite pincée de privilégiés s'engraissait en se foutant royalement de laisser crever les vingt autres millions de Français.

Les ciels bleu poudre devenaient gris. De sous le Pont-Neuf montait la complainte de l'accordéoniste qui enterrait de plus en plus les soyeuses mélodies de la harpiste.

Dans l'un des épisodes de cette saison, un petit enfant de quatre ou cinq ans avait essayé de voler le duc de Germain sur une place publique à Paris. Pris la main sur la bourse, il pleurait au milieu d'une troupe de badauds rassemblés devant l'aristo qui menaçait de le châtier. L'une des femmes présentes, voisine de la famille du petit, s'était avancée et en avait appelé à la pitié du duc pour ce garçon qui, comme ses frères et sœurs, n'avait pas mangé depuis deux jours — et moi qui me plaignais de mourir de faim vingt fois par jour entre mes trois repas. Il avait finalement accepté de laisser partir l'enfant repentant mais, au moment où celui-ci s'était élancé vers la foule pour se jeter dans les bras de sa mère si reconnaissante de cette clémence inespérée, le duc avait dégainé son pistolet et froidement abattu l'enfant d'une balle dans le dos. En riant, heureux de s'être fait justice. Comme s'il était dans son droit.

Heureusement, Oscar passait par là, par hasard. Elle n'avait rien pu faire sur le coup, retenue de force par André qui lui avait sagement rappelé que les titres et la puissance de l'ignoble personnage lui conféraient une espèce de droit divin qu'aucune cour ne contesterait. C'est seulement plus tard qu'elle a vengé l'enfant, dans un duel que j'aurais souhaité fatal, mais qui s'est contenté d'être humiliant pour le duc. Il ne fallait tout de même pas s'abaisser à imiter les manières de cette vile aristocratie qui s'arrogeait tous les droits sous prétexte d'être bien née. Qu'elle vive alors pour porter sa honte, la sale crapule.

Quelques jours plus tard, dans un autre épisode, un père laissait mourir son enfant parce qu'il aurait été forcé de vendre sa dernière vache pour payer le médecin. Oscar, qui passait par là, toujours par hasard — forcée à de petites vacances par la reine à cause de l'histoire du duel —, s'était mise en colère contre le pauvre homme qui lui avait répondu, les poings serrés, les yeux pleins de cette rage qu'inspire l'impuissance :

— Mais qu'est-ce que je lui donnerai à manger, à cet enfant, une fois que je l'aurai sauvé ?

Leur misère ne leur avait pas fait perdre leur intelligence pratique. En effet, que mangeraient les sept autres personnes de la famille une fois le petit dernier tiré d'affaire ? Oscar avait emmailloté l'enfant et l'avait conduit elle-même, à cheval, chez un ami médecin. Qui n'avait rien pu faire pour lui. Restait la vache, heureusement pour tout le monde.

Si je m'amusais si souvent à me complaire dans ma fausse misère, c'est que je croyais naïvement qu'on l'avait, à grands coups de chartes et de démocratie, éradiquée comme tant d'autres maladies. Au contraire, je ne tarderais pas à le découvrir, elle avait subi quelques mutations qui l'avaient fortifiée et lui permettaient de s'immiscer désormais partout.

Je connaissais à ce moment tous mes nouveaux clients, à l'exception de ceux qui payaient leur abonnement annuel directement au journal et de Madame Péloquin. Elle me laissait, tous les jeudis matin, une petite enveloppe contenant 2,35 $ sous le tapis de l'entrée. Et parce que je ne l'avais jamais vue, je l'avais mille fois imaginée. Mille formes physiques différentes qui se développaient toutes autour du thème de la chimère ; son utilisation du tapis laissait d'ailleurs présager qu'elle avait quelque chose à cacher. C'est pourtant volontiers que j'aurais accepté n'avoir que des monstres comme clients pour m'épargner la pénible collecte qui pouvait me prendre des heures.

Seulement chez les sœurs de l'Immaculée Conception, par exemple, je perdais une bonne demi-heure. Je devais d'abord sonner à l'entrée principale et attendre, en compagnie du petit Jésus sanguinolent sur sa croix, qu'une sœur-guide abandonne sa prière pour venir me chercher. De là, je la suivais dans le dédale de couloirs mornes et silencieux longeant de petites cellules bien louches d'où je ne voyais jamais personne sortir. Je n'osais même pas lancer mon imagination à l'assaut de ce mystère par peur d'être ensevelie sous un tas de scènes dégoûtantes. Puis on me faisait attendre encore un moment que la sœur économe veuille bien me recevoir dans son bureau. Quand j'y pénétrais, elle semblait toujours très absorbée par la transcription de petits chiffres sur des feuilles millimétriques comme celles qu'on utilisait dans les cours de géométrie.

Sa façon très affectée de travailler m'incitait surtout à penser qu'elle voulait que je la croie débordée. Toute cette mascarade ne constituait pourtant que le préliminaire de la conversation divinement emmerdante qui suivait toujours. Je devais ressasser, à chaque semaine, les totalement inintéressants hauts et bas de ma vie scolaire ; elle avait besoin d'être rassurée sur la qualité de ma personne, j'étais intimement liée à leur congrégation. Roger m'avait expliqué que les sœurs étaient toutes mariées au même homme et qu'elles devaient prier très fort pour ne pas mourir d'ennui. Le cercle posé sur la tête du gars en question illustrait bien le caractère cercle-vicieux de la vie qu'il leur réservait : prier pour survivre à une infernale vie de prières. Ma mère, en l'écoutant, s'était contentée de corroborer ses thèses avec un sourire complice. Avec de telles explications, je comprenais mieux le bonheur qu'éprouvait la sœur économe à m'entendre débiter de parfaites inepties. J'aurais sans hésitation accepté, en échange de cette cliente, une horde de madames Delaunais qui auraient au moins été émouvantes à force d'oubli et pour qui je me serais mieux résignée à perdre du temps.

C'est probablement par un matin de cadran déréglé que je suis tombée sur Madame Péloquin en train de placer l'enveloppe sous son tapis en poils de cactus. Elle n'avait aucun des traits que je lui avais prêtés, seulement un petit corps en forme de poire et d'énormes cernes sous les yeux comme n'en ont jamais les femmes de la télévision auxquelles on s'étonne toujours un peu de ne pas ressembler. La porte de l'appartement était restée grande ouverte et c'est là, sur la toile de fond de leur petit quotidien, que j'ai reconnu Philippe Péloquin, l'un des garçons de ma classe, petit fantôme que la maîtresse ne sortait de sa non-existence que pour lui signifier qu'il n'irait pas bien loin s'il s'entêtait à n'être que lui-même. Malheureusement, j'ai eu bien assez des quelques secondes qu'il m'a fallu pour prendre l'enveloppe des mains de Madame Péloquin et la remercier pour comprendre, en voyant les cinq petits enfants encore tout ensommeillés plier des draps et redresser des matelas qu'ils empilaient au mur, que le plancher de la cuisine de ce petit logis leur servait de dortoir la nuit. Et que, dans cet appartement moyenâgeux, on devait, tous les matins, mettre réellement la table.

Je me suis retrouvée dans la rue, en pleurs, secouée par l'oscillation de ma corde sensible qui devenait chaque jour plus prompte à traduire mes émotions. Puis j'ai couru très vite, très loin, pour épuiser l'image des petites mains qui se taillaient des espaces de vie comme d'autres jouent à se construire des cabanes.

Je n'ai jamais revu Madame Péloquin, sauf une fois, moins d'une dizaine d'années plus tard, alors que je pénétrais dans un restaurant pour y offrir mes services de serveuse. Elle sortait des cuisines, en tirant une énorme poubelle sur roues, la tête basse pour ne pas gâcher le plaisir des clients occupés à déguster des mets de luxe, comme gênée de souiller par son passage, même furtif, leur décor. J'ai ressenti le même spasme douloureux que ce matin-là et je suis ressortie aussitôt, sans plus me soucier de parler au patron. Sans jamais revenir d'ailleurs. Elle ne m'avait pas vue, car c'est tout juste si elle pouvait prévoir où poser les pieds, écrasée sous sa charge. La peine de mes dix ans, demeurée intacte, avait remonté le cours pas si long de mes souvenirs pour venir s'engouffrer violemment dans ma gorge. J'ai tout à coup pris conscience que j'appartenais, moi aussi, à la noblesse, bien que sans titre ni papier, et que je pouvais jouir de privilèges parfaitement immérités, seulement parce que j'étais bien née : j'étais belle. On ne peut rien y faire, c'est une loi animale qui participe à toutes les injustices humaines depuis le début des temps. Dans un restaurant, par exemple, la belle sert toujours devant et récolte de généreux pourboires ; la laide reste derrière avec son salaire de misère et ne sort que pour vider les poubelles.

Le tour heureux du hasard n'a évidemment pas été de découvrir cette pauvreté des Péloquin, qui vivaient de surcroît sans le secours du père en fuite quelque part vers une illusoire cocagne, mais d'avoir la chance de prendre parti pour Philippe dans une sordide histoire d'hygiène. Et de me venger un peu, par la bande.

La charmante infirmière de l'école, qu'on se gardait bien de consulter parce qu'elle souffrait d'antipathie généralisée à l'égard de l'espèce humaine, faisait la tournée des classes, une fois par mois, pour venir satisfaire, sous les apparences d'une inspection d'hygiène des élèves, son besoin de pouvoir et son plaisir d'humilier — qui ne sont jamais, à l'école comme ailleurs, tout à fait dissociables.

On devait se tenir debout, très droits, à côté de nos bureaux, les mains inoccupées le long des jambes. Elle sillonnait alors doucement la classe, scrutant de ses yeux d'hyène les petites proies gracieusement offertes par les autorités scolaires, en ne s'embarrassant pas des principes fondamentaux de l'éducation, tel le respect, pour dispenser ses bons conseils. La maîtresse restait derrière son bureau, faisait semblant de voir à ce qu'on se tienne bien, mais profitait, sans penser à mal, de la terreur que l'infirmière nous inspirait pour respirer un peu sous domination étrangère. Yolande B. Lemoine, dont je tairai la laideur pour ne pas jouer son jeu, avançait doucement en respirant profondément, les mains nouées dans le dos ; elles ne lui servaient à rien, car ce qu'elle cherchait se voyait et se sentait. Chaque fois qu'elle arrivait à ma hauteur, je retenais mon souffle et j'essayais de ne pas bouger le plus petit atome de mon être pour garder emprisonnées, dans les micromailles de mes vêtements et de ma peau, toutes les odeurs qui s'y infiltraient sournoisement et que même un minutieux lavage ne pouvait déloger.

— Oh là là, mais qu'est-ce que je sens ici ? La cigarette ? Oui, ça sent la cigarette. Oh ! Les vêtements… les cheveux… non non non, on peut pas dire que ça sent bon ici, ça sent vraiment la cigarette. Tout est imprégné. Va falloir voir à ça, faire quelque chose, on peut pas se permettre de sentir la cigarette comme ça, c'est pas gentil pour les autres amis autour de toi, ils veulent pas sentir la cigarette, eux, ça déconcentre une odeur de même, il va vraiment falloir voir à ça. Est-ce qu'on va arranger ça, ces odeurs-là ?

— Oui.

J'ai déjà mentionné que j'étais horriblement polie.

— Comment on va faire pour ne plus sentir la cigarette ?

— On va laver les vêtements.

— C'est tout ?

— Et les cheveux.

— Bon, c'est déjà ça. Mais ensuite ?

Ça ne m'atteignait plus depuis longtemps, je répondais mécaniquement comme la bonne élève que j'étais et qui apprenait toujours ses leçons, sans toujours comprendre où ça menait, ce qui semblait relativement secondaire du moment qu'on pouvait les rendre de mémoire. Elle aurait pu me demander de réciter mes tables de multiplication entre deux commentaires blessants que je ne l'aurais même pas remarqué. Un enfant de six ans ne décide pas — l'interrogatoire avait commencé dès la première année —, de sentir la cigarette. Il ne prend pas plus l'initiative de laver et relaver ses vêtements et ses cheveux pour éliminer une odeur qu'il ne sent par ailleurs même pas, puisqu'elle fait pleinement partie de son univers, qu'elle est son univers, vieux de six ans peut-être mais son univers quand même, qui se limite encore et seulement à la cellule familiale qui baigne tout entière dedans, cette odeur de cigarettes, à pleins poumons, sans même y penser. Les odeurs sont des repères, des zones impalpables de confort pour l'enfant qui a tant besoin de ces petites notes d'un monde connu, même s'il est malodorant, pour construire son équilibre. Tout le monde sait ça. Et quand l'adulte n'arrive plus, par manque d'exercice peut-être, à se projeter quarante ans en arrière pour se remémorer ces choses, il devrait encore lui rester la possibilité d'utiliser son jugement pour reconnaître qu'aucune forme d'humiliation d'un enfant devant toute une classe ne saurait servir quelque enseignement que ce soit. Mais Madame Lemoine n'était de toute évidence pas capable ni d'une chose ni de l'autre. Ce qui nous forçait, nous, ses victimes, à nous composer des répliques pour combler un peu l'abîme de ses lacunes professionnelles.

— Ensuite ? Euh… je vais en parler à mes parents.

— Bon, voilà. En espérant que vous pourrez ensemble, cette fois, enfin, peut-être, trouver une solution.

— Oui, madame.

Je n'en ai jamais glissé le plus petit mot à mes parents, comme me l'avait suggéré Jeanne qui en faisait autant sans m'expliquer pourquoi. Ça n'aurait servi à rien, je le devinais bien. Mes parents n'auraient pas arrêté de fumer pour se plier à la sensibilité olfactive de cette vieille grincheuse qui devait nous souffrir, pauvre femme, quelques minutes seulement par mois. En plus, il était plutôt bien vu de fumer, à cette époque. La cigarette ne tuait pas encore, statistiquement.

Peu de temps après ma rencontre avec Madame Péloquin, nous avons eu droit à l'inspection militaire mensuelle de notre sympathique chargée d'hygiène venue nous convaincre, en nous terrorisant, que nous avions tout à gagner à nous laver. Elle a donné les mêmes consignes, les mêmes réprimandes. Et nous, les mêmes sages réponses. Mais au moment où j'allais partir pour Versailles, elle s'est arrêtée à la hauteur du petit Péloquin, devenu à mes yeux un être exceptionnel à cause de cette misère qu'il taisait. Alors je suis restée un peu.

— Oh là là, mais qu'est-ce que je sens ici ? Ça sent le petit garçon qui ne s'est pas lavé ! Oui, je crois bien que ça sent la sueur. Va falloir voir à ça. C'est pas gentil pour les amis assis autour de toi dans la classe de sentir pas bon comme ça, va falloir faire quelque chose. Mais qu'est-ce que je vois, là, sur le chandail ? Des taches ? Ah bien là, ça explique des choses, ça. Un chandail pas lavé, ça peut pas sentir bien bon, un chandail pas lavé. Dis-moi donc, toi, ça fait combien de jours que tu portes ce chandail-là ?

— …

— Tu l'as pas pris dans ton tiroir ce matin ?

— …

— Réponds-moi quand je te parle, jeune homme.

— …

— Ce n'est pas un chandail propre que tu portes aujourd'hui ?

— Non.

— Ah !

— Montre-moi tes mains.

— Pourquoi ?

— Montre-moi tes mains. C'est bien ce que je pensais, c'est pas juste le chandail qui est sale. C'est tout un ensemble…

Je voyais André agenouillé devant le roi, écoutant sa condamnation à mort. Marie-Antoinette, l'écervelée, avait fait une chute de cheval et se trouvait en danger — on ne l'avait pas avertie que l'espèce animale n'était pas assujettie, contrairement aux hommes, à son pouvoir royal. On avait besoin d'une tête à faire rouler, quelque chose de pas trop compliqué et de pas trop lourd. André était le seul sang plé-béien qu'on avait sous la main.

— Ouf ! je ne voudrais pas voir le reste. C'est quoi, ton nom ?

— Philippe.

— Bon, Philippe. Tu sais qu'il faut se laver, tous les jours. Préférablement. Tu sais ça, Philippe ?

— Oui.

— Tu sais qu'il faut mettre des vêtements propres pour venir à l'école.

— Oui.

— Pis ces vêtements-là, Philippe, sont bien trop petits pour toi, voyons. Regarde-moi le bas de tes pantalons, ça n'a pas d'allure.

Débarquée en trombe sur la place d'audience, Oscar venait de quitter le chevet de la reine pour venir défendre son fidèle ami.

— … lâche-le, maudite marde !

Ça m'a échappé. C'est ce qu'Oscar aurait probablement crié de toutes ses forces si elle n'avait pas été tenue à l'étiquette de la cour qui la forçait aux ronds de jambe et aux circonlocutions de langage. Après cette débâcle, un vacarme assourdissant est sorti de ma bouche et s'est déversé dans la pièce, des années de ma-façon-de-penser refoulée ont déboulé en flots ininterrompus et désorganisés dans le vide circonscrit de la classe d'où l'on a fini par m'évacuer par manque d'espace.

Dans le bureau du directeur où j'ai attendu ma mère, appelée en renfort par l'armée de pédagogues en détresse qui espérait Grouchy et qui n'a jamais compris que c'est Blücher qui est débarqué, on s'inquiétait beaucoup. Je ne me souvenais de rien, ou à peu près. Salutaire amnésie. Seulement que j'avais parlé très fort, ce qu'une espèce de douleur lancinante à la tête me rappelait.

Ma mère s'est fait expliquer par mon enseignante, qui se tenait les poumons d'une main ferme, tous les détails de mon discours d'hystérique. Pendant que je me repaissais de ces douces vérités qui épousaient étrangement ma pensée profonde, ma mère ne bronchait pas. Elle acquiesçait calmement avec le stoïcisme d'une mère rompue depuis longtemps à l'audition du désolant récit des frasques de ses enfants. Pourtant.

Quand on a eu fini de réciter les plus importantes lignes de mon discours, elle a inspiré un bon coup, façon de dire « j'ai besoin d'un gros tas d'oxygène pour avaler tout ça », puis leur a annoncé sur un ton sibérien qu'elle me ramenait sur-le-champ à la maison. Cela a semblé satisfaire tout le monde : l'autorité du professeur se trouvait renforcée par ce qui aurait les apparences, aux yeux des autres élèves, d'une expulsion, l'orgueil de l'infirmière était vengé par la somme des punitions que je subirais et ma mère prouvait à tous que l'éducation des enfants n'est pas l'affaire de quelques réprimandes vite expédiées. Je l'ai suivie en n'osant pas penser aux mille morts dont j'allais souffrir pendant les prochains mois pour cette trahison de mon inconscient.

Nous n'avons pas échangé un mot avant d'être rendues devant le congélateur du dépanneur du coin. Madame Papillon m'a saluée de ce regard tendre qu'elle posait toujours sur les enfants, un peu surprise quand même de me voir là à cette heure, en pleine semaine, sur les talons de ma mère. Au visage compatissant qu'elle s'était composé, ça devait avoir l'air de ce que c'était. Moi, je la regardais avec nostalgie, regrettant déjà le monde d'avant le grand Vomissement auquel elle appartenait. Tout était si beau, la veille encore, quand j'étais venue chercher la boîte de maïs en crème indispensable au pâté chinois. Monsieur Papillon triait les bouteilles de bière vides, Marie-Madeleine pleurait en emportant un énième café, les poupées cousues par Madame Papillon dansaient comme des lampes chinoises au-dessus de la caisse, bercées par le va-et-vient de la porte que battaient les clients.

Les ténèbres recouvraient tout, à présent. J'entrais dans l'ère d'un chaos irréversible.

— Choisis quelque chose.

J'ai mis du temps à comprendre qu'on s'adressait à moi.

— Tu veux un sandwich à la crème glacée ? T'aimes ça d'habitude.

— …

Et trop de temps à trouver une réponse.

— OK. On va prendre deux sandwichs à la crème glacée.

Rendues à la maison, une fois assises sur la première marche de l'entrée, elle m'a tendu le sandwich, a déballé le sien et s'est mise à manger sans parler. Comme si la fin du monde venait d'être rembobinée.

— Mange, Hélène, ça va fondre.

J'ai mangé mon sandwich comme je faisais mon lit.

— C'était pas une ben bonne idée, ta petite crise de tantôt.

— Je sais.

— J'aimerais que t'essaies de pas finir tes phrases par « maudite marde ».

— C'est à cause de Roger.

— Non, c'est à cause de toi qui choisis de répéter les phrases de Roger. Si tu commences à tout mettre sur le dos des autres à dix ans, ce sera pas beau plus tard. Tu vas finir par ressembler à ton grand-père.

Le coup avait porté. Le vieil Irlandais acariâtre qui me servait de grand-père maternel représentait l'envers des plaisirs que peut procurer la famille. Il détestait tout et tout le monde, ce qui arrive naturellement quand on a trop de haine pour ne détester que soi.

— T'as fait à l'infirmière ce que tu lui reproches de faire. T'es plus intelligente que ça, me semble.

— J'ai pas fait exprès. J'étais vraiment super choquée.

— C'est pas une raison. Ça se fait pas. C'é toute.

— Je m'excuse.

— C'est pas à moi qu'il faut que tu dises ça.

— Je l'ai déjà dit dans le bureau du directeur.

— Tu lui écriras un petit mot quand même.

— … ben là… OK.

— Hélène, les gens pas gentils, c'est souvent juste du monde ben malheureux.

— Comme grand-papa?

Elle a avalé la bouchée suivante en fermant les yeux et en serrant les dents. Elle ne sacrait pas, elle, mais ses dents étaient usées. Roger est apparu par l'entrée de sa grotte, une petite chose greffée à la jambe qui riait comme une brassée de vaisselle de cristal qu'on malmène.

— Z'en veux moi 'si, z'en veux moi 'si.

— Qu'est-ce qu'elle fait là, Ti-Pou?

— Tu pensais que je l'avais enfermée dans la garde-robe?

— Z'en veux Lélène… s'i'te plaît, s'i'te plaît.

— OK, viens, mais c'est moi qui le tiens, tu vas juste prendre une petite bouchée où je vais te dire de le faire.

Je me suis occupée de la petite tout l'après-midi et j'ai profité de la sieste pour écrire mon petit mot à Madame Lemoine. J'ai déployé sans réserve mes talents de rédactrice afin de lui servir une espèce de salmigondis d'excuses mêlées à des considérations philosophiques de toutes sortes rabâchées plutôt maladroitement. Du même souffle, j'ai expliqué la situation particulière des Péloquin, qui m'avait ainsi fait réagir, et mon ignorance de l'immense malheur que devait être sa vie, vu sa méchanceté. J'ai terminé cette lettre d'excuses en m'engageant à ne plus jamais laisser exploser mon indignation si, de son côté, elle m'assurait qu'elle n'insulterait plus les élèves durant ses tournées des classes.

Le silence éternel que l'infirmière a opposé à mon infini désir de conclure avec elle un pacte de bonne entente m'a d'abord effrayée, puis m'a laissée indifférente. C'était très impoli mais peu surprenant de sa part. J'ai entre-temps appris que la pauvre femme sévissait déjà à l'époque de ma mère. Ce qui reste encore à ce jour la meilleure explication pour le sandwich à la crème glacée et les punitions oubliées.

Madame Lemoine ne s'est plus arrêtée à ma hauteur, ni à celle de Philippe. Il est aussitôt redevenu évanescent jusqu'à disparaître à nouveau. Je me plais à penser que j'ai un peu précipité la retraite de cette femme qui a quitté l'école à la fin de cette année-là. Mais je sais aussi qu'on se donne toujours beaucoup d'importance quand on raconte des histoires.

Quelques jours après le fameux incident, je me suis retrouvée face à Philippe Péloquin dans la cour de l'école. Ses yeux, qu'il avait beaux, se sont accrochés aux miens assez longtemps pour que ça devienne inconfortable. Il m'en voulait, c'est certain, comme je lui en aurais voulu s'il avait pris ma défense en pointant du doigt ce que, précisément, je tentais de cacher. Mais je n'allais pas m'excuser, ça ne changerait rien. On s'est fixés un instant, le temps que mon cerveau, dérangé dans sa pagaille coutumière par le raffut du silence, se tape un petit ménage éclair et ponde quelque chose.

— Le journal cherche des camelots pour des *runs* dans le coin.

— Faut passer à quelle heure ?

— Moi, je me lève à 5 h 30, pis je pars à 5 h 45. Il faut mettre les annonces dans les journaux, pis les rouler avec des élastiques.

— …

— T'es pas obligé de les rouler, moi je trouve que ça va mieux… j'ai une voiturette pour les traîner maintenant, c'était ben lourd avec la poche.

— …

— Y en a plein qui les roulent pas, t'es pas obligé.

— Je peux pas.

— Pourquoi ?

— Parce que je garde.

— Tu gardes ?

— Oui.

— Le matin ?

— Oui.

— Qui ?

— Mes frères, pis ma sœur.

— Pourquoi ?

— Parce que ma mère travaille.

— Ta mère travaille ?

— Oui.

— Où ça ?

— Dans un restaurant.

— Le matin ?

— Elle part à 5 h. En autobus. Son chiffre commence à 6 h.

Une si grosse voix pour un si petit homme. Il m'a fait un signe de tête, un vague salut, et a tourné les talons.

C'est à peu près à cette époque-là que j'ai vu mon père tomber pour la première fois. On en était à la deuxième période de prolongation d'un important match de série, mais son corps n'était rodé que pour tenir l'alcool des trois périodes de la saison régulière, ou l'alcool d'une petite soirée sans hockey qui ne finit pas trop tard. Et là il était très tard. Trop tard. Les joueurs comme les spectateurs avaient les jambes molles, la tête lourde. La gravité exerçait une attraction indue, tout foutait le camp, ça n'avait plus rien de sportif. C'était avant la réforme du hockey, à cette époque où les matchs étaient encore des luttes à finir assaisonnées de batailles qui sentaient fort l'aréna et la testostérone mal calibrée.

De son front qui avait percuté le coin du comptoir de cuisine perlait une petite goutte de sang qui avait entrepris, en douce, de lui scarifier le visage jusqu'au menton avant d'aller s'éclater la cervelle en une fleur sombre sur le col de sa chemise.

J'ai eu envie de lui tendre la main, de lui apporter une débarbouillette trempée, de lui demander comment allait la partie ou s'il pouvait changer de métier, mais je suis retournée à ma nuit blanche broyer du noir avec tout ce que je ne pouvais pas faire pour lui. À part m'éclipser et feindre de n'avoir pas été là.

Et je me suis cherché désespérément un bout d'épisode réconfortant à me rejouer de mémoire. En vain.

6

Rien n'y faisait : mon corps n'arrivait pas à épouser l'idée que je m'en faisais. Je me sentais nourrie par la force et le courage de toute une armée alors que la maigreur, ce charognard opportuniste qui sait profiter des failles héréditaires, me collait aux os en les recouvrant tout juste. La chair n'arrivait pas à s'y accrocher ; mon corps était un gâteau qui ne voulait pas lever, une sauce qui se refusait à prendre, une désolation.

Il m'est arrivé de penser que si j'avais été autrement construite physiquement, les événements ne se seraient pas déroulés ainsi.

Sortir tous les matins, à la même heure, depuis deux ans déjà, faisait de moi une cible facile, tous les voleurs un tant soit peu appliqués l'affirmeraient sans hésiter. Je ne me méfiais de rien ni de personne, les ramifications du mal du monde extérieur n'étaient pas encore parvenues à m'atteindre. J'en ressentais bien le mouvement dans l'écho de ce qui arrivait jusqu'à moi, mais ce n'était encore que des bruits confus que je pouvais enterrer en fredonnant une petite chanson comme le font les petites filles qui traversent des bois pleins de loups tapis dans l'ombre.

Comme je descendais les escaliers de la grosse maison des Morin — la seule unifamiliale de la rue, donc une grosse maison —, j'ai aperçu un homme, un jamais-vu, qui s'avançait vers moi avec le pas assuré de celui qui s'en va gronder. À son approche, je me suis d'instinct transformée en petite biche statufiée par la présence inattendue d'un chasseur. Il ne présentait aucun des traits caractéristiques des fous que je savais si bien reconnaître : son pas était régulier, ses bras suivaient le balancement symétrique et ordonné de son corps et de ses jambes, sa tête pivotait très naturellement selon son besoin de regarder ici ou là, et ses yeux, qui ne fuyaient ni les objets ni les êtres, semblaient tout à fait investis du pouvoir de voir. Ce qui veut dire qu'il me regardait et me voyait, moi qui avais une longue habitude de l'invisible dans ces petits matins de suie.

L'homme se dirigeait donc consciemment vers moi, avec l'intention d'interagir avec moi.

Je me suis retrouvée couchée par terre, la tête appuyée dans l'angle d'un mur, sans rien comprendre. Il se battait d'une main avec les sangles de ma poche de journaux que je portais en bandoulière et me tenait fermement les deux poignets de l'autre, une immense pince de fer capable de me souder les bras. De ma bouche, pas le moindre son. Je sentais pourtant qu'il exerçait sur moi une pression à me rompre les os, si petits — oh si petits —, mais ça ne me faisait pas mal, j'étais complètement accaparée par mon envie de ne pas mourir. Les cailloux s'incrustaient dans ma tête, qu'il enfonçait dans l'asphalte, sans me tirer la moindre douleur. C'est à peine si ce corps m'appartenait, me concernait.

J'avais peur, infiniment peur. C'est tout. Je ne comprenais pas. Mais je n'aurais pas eu moins peur si j'avais compris.

Puis l'homme a soudainement basculé de côté et je me suis d'instinct recroquevillée en une boule compacte, comme l'araignée qui essaie de faire croire qu'elle est autre chose — un caillou, une mousse — en ramassant ses pattes, au moins le temps qu'on regarde ailleurs et qu'on la croie partie. Je me tenais la tête bien serrée entre les bras et les jambes, prisonnière d'un étau que je ne laisserais plus jamais se desserrer. J'ai entendu un fracas violent ponctué de cris et de halètements, puis des pas de course, une décharge de carabine à plomb et encore des hurlements que le jour naissant, affamé de cacophonie, s'empressa de digérer. Puis une litanie d'injures dans un style que je connaissais bien, portée par une rage gutturale, presque animale.

Je voulais rester ainsi longtemps, très longtemps. Je n'avais pas de chance à prendre ; il me fallait laisser quelques saisons passer pour plus de sûreté. De toute façon, mon corps m'avait fait un coup d'État, il n'y avait pas moyen d'en reprendre le contrôle. J'étais condamnée à mourir — ou pire, à vivre — fermée comme une chaise pliante. Une forme de suicide par implosion. On avait d'ailleurs commencé à me veiller, j'entendais qu'on mâchouillait des prières.

— … maudit Saint-Cibolaque d'ost… de christie de Viarge de Saint-Sacra…

Le vieux grincheux marmonnait en reprenant son souffle. Il m'a désuicidée. Cette voix éraillée qui écorchait vif tous les saints du ciel m'est apparue à ce moment si belle, si rassurante que j'ai ravalé un sanglot de bonheur. L'histoire finirait bien. Roger était là.

J'ai pu progressivement me déballer et regarder ce qui se passait. Debout, mais cassé en deux, les mains sur les genoux, Roger cherchait son équilibre et une façon de ne pas exploser ; c'est toujours plus dur une fois dégoupillé. La manche de son chandail épongeait nerveusement le sang qui coulait de son nez, étonnamment rouge comme celui de tous les humains que j'avais vus saigner avant lui — je crois que je m'étais fait une autre idée de ce qui le composait. Il forçait bien un peu la note sur l'essoufflement, mais ça lui évitait d'avoir à dire des choses que je ne tenais pas particulièrement à entendre. Heureusement, comme il avait encore un peu de religion, il pouvait donner l'impression de converser.

— … de tabarn… de câli… d'ostinâtion… de Saint-Chrême… de maudit Christophe de verrat…

Même dans une telle adversité, il limait ses jurons. Ma mère avait fait du bon travail.

Quand la douleur s'est finalement autorisé quelques entrées dans les différentes parties de mon corps, mes yeux se sont entrouverts sur un troupeau de badauds qui s'avançaient doucement, hésitants comme des soldats sortis des tranchées après une longue nuit de combats. On venait de m'abîmer, de me froisser, irréparablement, mais ça ne se voyait pas. Tout mon être, pulvérisé en fines particules dans l'air ambiant pendant l'éternité qu'avait duré l'attaque, s'était parfaitement reconstitué en retombant, montrant çà et là seulement quelques ecchymoses. J'étais en apparence une miraculée, ce qui a beaucoup plu aux gens qui me souriaient avec reconnaissance : ça leur ferait une histoire qui finit bien à se conter pour les vingt prochaines années. C'est normal d'aimer les belles chutes, ça change de la Vie. Pour les dommages collatéraux, ceux que cacherait facilement mon corps indemne, je finirais bien par m'arranger. Il me restait statistiquement pas loin de soixante-dix ans pour y arriver.

Alourdi par la flopée de petits plombs qui s'étaient logés dans ses jambes et son arrière-train, le froisseur enragé n'avait pas mis de temps à se faire épingler. Roger avait attendu cette nouvelle pour cesser de prier.

Puis j'ai raconté cent fois la même histoire, rencontré des tas de gens qui voulaient savoir des tas de choses que je ne savais pas — et qui me donnaient l'impression d'en savoir bien plus que moi — et puis j'ai pointé quelqu'un du doigt, une fois, deux fois, trois fois, toujours le même. L'affaire suivait son cours. On m'a donné douze dollars par journée d'école manquée. Impossible de les mettre dans la boîte avec les autres que j'amassais à défaut de trouver quoi en faire, ils les auraient contaminés par association. Alors je les foutais chaque fois dans le premier égout qui me tombait sous le pied.

C'était la fin des haricots. Plus jeune, j'avais fait quelques découvertes qui m'avaient arraché un bout de naïveté, mais jamais rien d'aussi grave. Durant l'année de mes six ans, par exemple, j'avais dans la même semaine découvert tous les cadeaux du père Noël entassés au fond du congélateur désaffecté et le petit Jésus, pas encore né, dans la boîte à fusibles placée dans l'armoire au-dessus de la sécheuse. Ça faisait tout un tas de croyances qui tombaient d'un coup. Mais la peine alors ressentie avait rapidement laissé place au bonheur de partager tous ces secrets avec mes parents qui tenaient à ce qu'on soit complices pour que mes petites sœurs bénéficient du droit sacré de croire à n'importe quoi. Ce n'était au fond qu'une autre forme du même jeu. Seule l'image de mes parents, que je suspecterais désormais de tout, s'était trouvée altérée par ce mensonge pieux.

Cette fois, c'était bien différent ; je vivais une perte pure de naïveté non renouvelable. Il ne m'était même pas possible de faire le plein de courage en me ravitaillant dans les exploits de mon héroïne. Le transfert n'opérait pas. J'avais pourtant cru qu'on pouvait se bâtir un lot de réactions dans lequel puiser en situation de détresse et que l'homme bon, dans la bataille, ne pouvait pas trop s'abîmer parce qu'il saurait toujours pallier, par la ruse, toutes formes de faiblesses. J'avais cru que la vie s'apprenait avec un certain effort, comme la conjugaison des verbes irréguliers, et qu'un peu de mémoire la ferait toujours ressurgir dans sa forme appropriée au moment opportun. Je m'étais sincèrement crue invulnérable. Moi qui avais si fidèlement suivi tous les combats d'Oscar, je devais forcément savoir me battre. Mais devant la peur, je m'étais retrouvée seule, démunie comme une enfant toute neuve, sans banque d'histoires. Mon cerveau n'avait généré que la paralysie, le néant, le noir total, l'absence. Je n'avais pas été courageuse ni brave ni rien, et toutes les prouesses à l'épée que je m'imaginais toujours exécuter avec un tel naturel étaient demeurées enfouies au fond de mon esprit, là où elles avaient l'habitude de se déployer. Je n'avais même pas d'épée. Et on pouvait, d'une seule main, me broyer comme un biscuit soda. Il ne me restait que la désillusion devant tout ce que j'aurais aimé être et que je ne serais jamais. J'avais dix ans et il fallait que je reprenne tout depuis le début. La fin des haricots, je vous dis.

Ma seule consolation me venait de la confirmation que j'avais eu raison depuis le début : être une fille ne pouvait être qu'une source de problèmes.

Et le froisseur ne sortait pas de l'asile, bien sûr.

Roger s'en voulait, et ça me peinait beaucoup de l'avoir placé dans une telle situation. Il m'avait un peu écoutée, avait choisi de continuer à me suivre le matin quand je lui avais demandé de cesser de le faire, mais de loin et sans méthode comme avant. Il était tout de même venu à mon secours.

Comme je tenais à le remercier de sa désobéissance et lui faire comprendre que j'apprendrais à vivre flanquée d'une deuxième ombre, je lui ai volé son trône de cuirette défoncé un soir où l'alcool l'avait assommé un peu plus tôt. Sa chaise n'avait plus, depuis longtemps, les attraits qu'il faut pour inspirer l'envie, alors il ne la rentrait plus le soir. En fait, on se serait sérieusement embarrassé en volant un machin pareil.

Le cordonnier, après un petit coup de téléphone, s'était empressé de venir chercher, comme convenu, l'espèce de truc déglingué que j'avais essayé de lui décrire et qui avait apparemment été, à l'origine du monde, une chaise. Roger y tenait plus qu'à toute autre chose. C'était la chaise de sa femme, celle qu'elle utilisait pour venir prendre l'air et regarder passer les voitures entre deux brassées de linge à l'époque où ils vivaient sur la 4e Avenue. Avant qu'elle ne parte pour de bon. Les souvenirs qu'il conservait d'elle avaient besoin de cette chaise pour survivre. Le temps en estompait tant les images, de cette femme aimée, qu'il avait besoin d'un ancrage physique, bien réel, pour qu'elle ne s'éteigne pas. Je tenais à ce qu'on la recouvre de cuir, de vrai cuir, pour ajouter un peu de pérennité à l'affaire, que le rembourrage soit comme neuf et que ce soit chic, un peu. Du moins semblable à ce que cela avait déjà été, en plus durable. J'avais même réussi à voler, une semaine avant l'opération, un petit morceau de cuirette en dégrafant une partie moins abîmée sous le siège pour que le cordonnier puisse trouver un cuir qui imiterait parfaitement la cuirette. Le monde à l'envers. Je lui avais aussi demandé de voir à la solidité des barreaux. Et à la rouille. Et aux coussinets des pattes. Il s'était mis à rire en se tapant le ventre.

— Pis tu veux que je fasse ça de nuitte, en plus?

— Ben non, quand même. Vous la réparez le plus possible ce soir, pis si vous avez pas fini avant de vous coucher, si vous êtes trop fatigué par exemple, vous continuez demain matin. De bonne heure quand même parce qu'il se lève vraiment pas ben tard. Je dois la remettre à sa place avant qu'il se lève, sinon il va capoter.

— Ha, ha, ha!

Il riait trop, j'ai eu peur qu'il n'éclate. Ce n'était vraiment pas le temps qu'on me lâche, en plein projet de vie.

— Pourquoi vous riez de même?

— Ha, ha, ha!

— Je vais tout vous payer ça comme il faut. Inquiétez-vous pas. Je travaille.

— Ha, ha, ha!

— Plus une prime pour travailler tard.

— HA, HA, HA!

C'était l'idée de ma mère, la prime.

— Dix piasses de prime, ai-je dit en pensant l'impressionner avec le gros steak qu'il pourrait se payer avec ça.

Rien à faire, ses rires redoublaient. Même ses yeux qui pleuraient abondamment baignaient dans le sang, il finirait par en manquer pour le cœur, ça devenait risqué. Je devais intervenir de façon musclée, je ne connaissais pas d'autre cordonnier.

— C'est ben important pour moi…

— Ha, ha, ha…

— C'est pour remercier Roger…

— Ha, ha, ha…

— Parce qu'il a pété la gueule au gros monsieur qui voulait me violer.

— Ha… oumf…

Le sang a repris rapidement la direction des organes qu'il avait le devoir de desservir et mon cordonnier est devenu sombre comme une tragédie grecque. Ce qui paradoxalement me garantissait qu'il vivrait. Ses sourcils se sont affaissés doucement sur ses yeux et sa tête d'enfant triste a suivi le mouvement. Ses doigts se sont mis à chercher quelque chose à faire, balayer un peu de poussière sur ses vêtements.

— C'était toi, la petite…

L'affaire avait également suivi son cours dans la rumeur populaire et quelques échos étaient parvenus à se faufiler, entre ceux plus percutants du cloutage de talons, jusque dans la petite boutique du cordonnier.

Il a accepté et même renoncé à sa prime quand je lui ai raconté l'importance historique de la chaise. Il m'a tendu sa grosse paluche faite d'un bois plein de nœuds et j'ai su qu'il s'engageait, à la force qu'il y avait mise, à me restaurer le trône de son mieux. Tout ce que je connaissais de son travail me laissait espérer le meilleur.

Le cordonnier ne m'a jamais avoué ce qui lui en avait coûté pour transformer le bout de ferraille et de matière synthétique en véritable merveille. Il m'a demandé 13,47 $, pour que ça sonne vrai. J'ai joué le jeu. Il ne faut jamais gâcher la chance que les gens se donnent de faire plaisir. J'ai tout de même pu négocier une demi-prime, ce qui était une autre façon de lui faire plaisir vu qu'il me faisait plaisir en l'acceptant et que ça lui faisait plaisir de me faire plaisir. Il m'a tendu à nouveau sa grosse main calleuse et j'ai senti qu'on n'appartenait pas tout à fait à la même espèce animale, lui et moi ; il me manquait encore beaucoup de cette vie qui finit par se sculpter une fresque dans la chair des mains. C'était un homme bon derrière ses allures de gros rustre. Un peu comme l'autre, là.

La peinture était encore un peu fraîche sur les barreaux quand j'ai remis la chaise en place, mais si on évitait d'y toucher, ça tiendrait, m'avait assuré le cordonnier. Quand Roger s'est pointé, il n'a d'abord rien remarqué. Mû par sa grâce habituelle, il s'est gratté les parties en bâillant, s'est étiré en libérant quelques gaz et a entrepris d'inspecter les parties visibles du quartier depuis son stationnement. Première lecture à vue, comme chaque matin, de ce monde qui tardait à lui ménager une sortie. Il a posé la main sur le dossier de la chaise et l'a tout de suite retirée, comme si elle avait été brûlante. Sa tête d'oiseau alerté s'est mise à pivoter dans tous les sens pour chercher quelque chose, un témoin, un coupable, mais j'étais bien cachée. Il s'est éloigné un peu en tenant sa barbe bien serré, comme d'autres se pincent, puis est revenu sur la pointe des pieds, pour ne pas remuer l'illusion. C'est seulement à ce moment-là que l'idée que j'avais peut-être mal fait m'a effleuré l'esprit, que j'avais peut-être brisé une magie qui n'opérerait plus en l'absence des lambeaux de plastique. Et si je venais de lui prendre tout ce qui lui restait de cette femme qu'il ne s'était jamais résigné à remplacer ? Une fois assuré de la réalité de sa nouvelle ancienne chaise, il a ramassé sur le siège la petite note que j'y avais laissée, en cas d'équivoque, lui a jeté un œil rapide, puis s'est terré dans son sous-sol d'où il n'a pas ressurgi avant mon départ pour l'école. Voilà, j'avais tout gâché. Il voudrait plus que jamais en finir. Par ma faute.

Je suis donc allée apprendre comment calculer la circonférence de certaines formes géométriques peu complexes, comme le cercle et le carré, qui deviendraient un jour, au besoin, par transfert de compétences, des piscines et des maisons, convaincue d'avoir tué un homme.

C'est à moitié folle d'angoisse que je suis revenue au pas de course à la fin de la journée pour trouver Roger à son poste : il fumait, confortablement installé sur sa chaise, sa nouvelle chaise, les jambes bien écartées pour le confort général, l'air tranquille de celui qui vient de déplacer avec succès quelque gros meuble. Le grand sourire qu'il m'a servi quand il m'a aperçue goûtait le bouillon de poulet brûlant des froides journées d'hiver. Ça me faisait une autre fin du monde qui mourait dans l'œuf ; j'étais cette fois bien contente. J'ai marché jusqu'à lui sans un mot et je me suis assise sur un vieux caisson de lait retourné. Dans le silence animé du retour des classes, on a pu tenir un moment sans parler, juste en suivant les jeux et les courses de la marmaille qui rentrait en gambadant pour se défaire de l'inertie à laquelle on l'avait condamnée toute la journée.

— C'est correct, la couleur ?

— C'est pareil.

— *Good.*

Le fils de Madame Latulipe passait en pleurant. On lui avait encore volé son sac d'école pour en répandre le contenu au beau milieu de la rue, histoire de lui faire payer le débordement d'amour de sa mère qui tenait encore à accompagner son « petit soleil » jusqu'à la cour d'école tous les matins. Faut dire aussi qu'il s'appelait Gilbert Gilbert.

— T'es pas choqué ?

— Pourquoi que je serais choqué ?

— Parce que.

— Ben non, j'sus pas choqué.

Là, j'ai attendu quelques secondes et je me suis levée. Ça allait, je pouvais rentrer. On venait de m'acquitter.

— Joe ?

— Quoi ?

— Fais-moé pus ça quand même, maudit os….

Sa voix avait la douceur des après-chicanes, quand on sent le besoin de baisser le ton et de bercer un peu les mots pour leur faire dire que tout est fini. Ça donnait envie d'être d'accord, même sans comprendre.

— OK.

— Ça fait longtemps en maudit que j'ai pas eu de cadeau. J'me rappelle même pus c'est quand la dernière fois.

L'émotion. J'avais des larmes qui avaient envie de venir voir ça de plus près. Changement de ton avant que ça ne se liquéfie.

— Est-ce que t'es bien assis dessus ?

— Cibole, des plans pour que j'crève icitte tellement j'sus ben. J'ai pus envie de me lever.

— *Good.*

— Tu parles en anglais astheure ?

— Non non, je dis juste des mots de même. Mais je connais une fille qui parle au complet en anglais à l'école.

— A va sacrer son camp ce sera pas trop long.

— Pourquoi ?

— Parce que c'est de même, maudit verrat. Mon gars y a appris l'anglais pis y é parti.

— Où ?

— Loin en Christophe.

— Il vient jamais ici ?

— Non, c'est trop loin.

— Moi, je vais juste l'apprendre un peu, l'anglais.

— *Good.*

On a ri un peu pour se faire une fin de conversation convenable. Puis j'ai quitté le père Goriot le cœur léger, en le surveillant discrètement du coin de l'œil. C'était amusant de le voir se lever de sa chaise pour replacer son pantalon et se rasseoir lentement, histoire de bien la regarder. Quand quelqu'un s'approchait pour le saluer, il se levait promptement, contrairement à son habitude, et forçait le quidam à venir jusqu'à lui. Il verrait, peut-être. Et lui pourrait dire : « C'est un cadeau. »

Le journal m'a trouvé un remplaçant pour les quelques jours que j'ai mis à me remettre de mes petites contusions. La veille du cinquième jour, j'ai appelé le représentant pour lui dire que j'allais reprendre du service, ce qui l'a soulagé : les clients étaient inquiets de ne plus me voir et il craignait que certains d'entre eux, devant l'horreur de ce qui se passait tôt le matin dans leur propre rue, ne se désabonnent pour protester contre la violence. Avec mon retour, on évitait l'hémorragie.

C'est animée d'un courage presque neuf que je me suis dirigée vers la porte d'entrée le premier matin, savourant déjà le plaisir de ces tête-à-tête que j'allais enfin pouvoir reprendre avec mon héroïne. La révolution grondait de plus en plus fort là-bas, même la noblesse s'en prenait à la noblesse, celle de l'absolutisme, et je n'avais pas l'occasion de la réincarner dans ma vie sans ces longues promenades matinales. Mes rapports avec Oscar avaient un peu changé, bien sûr, mais je m'accrochais à elle plus que jamais.

Quand je l'ai ouverte, cette porte par laquelle tout était encore possible, la peur s'est à nouveau engouffrée en moi comme une lame de mer déchaînée. J'ai été pétrifiée dans le cadre de la porte que je n'arrivais même plus à refermer. Le presque silence de la ville me paralysait. Mes yeux secs fixaient la rue sans rien voir, incapables du clignement qui les aurait libérés en les humidifiant. Mon cœur s'est arrêté net, comme ça, entre deux pompes. Comme un cœur de vieux qui jette la serviette en pleine nuit, je suppose.

C'est la toux de mon père, derrière moi, qui m'a harponnée juste avant que je ne pique la tête la première dans les abîmes du cauchemar. On m'avait irrémédiablement froissée. Mon esprit reprenait, au moindre souffle du souvenir, son aspect chiffonné.

La toux s'est intensifiée, grasse et violente, entêtée à purger un peu le corps, et j'ai pu rentrer chez nous au pas de course. Comme si j'avais seulement eu froid. Je ne pouvais de toute façon pas rester plantée là, à regarder la grosse boîte à journaux que Roger m'avait fabriquée pour éviter qu'ils ne se fassent tremper. Je n'arriverais jamais à les prendre, ces journaux. Trop loin, trop lourds, trop dangereux. Ils flottaient au-dessus d'un précipice trop périlleux. Mon père s'est habillé. Je n'ai pas tout de suite compris, mais quand j'ai vu sa casquette bleue, j'ai bien deviné qu'il ne s'en allait pas travailler. Il était 5 h 40 du matin.

— Où tu vas?

— Ça fait longtemps que je n'ai pas livré les journaux. Je vais te donner un coup de main.

— …

— Est-ce qu'il y a des circulaires à insérer aujourd'hui ?

— Euh… j'ai pas vu. La boîte est fermée.

— Viens, on va aller voir ça.

Je lui ai tout montré, tout expliqué, tout. Je gesticulais comme l'enfant qui ne se contient plus juste avant le spectacle qu'il s'apprête à donner. Mon père riait. J'aurais tout fait, et beaucoup plus, pour que ça dure toujours. Je serais même devenue vraiment une fille, sur-le-champ, juste pour lui, s'il me l'avait demandé. Mais mon père ne demandait jamais rien. Il se contentait de ce qu'on lui offrait, toujours. Il était irrémédiablement impossible à décevoir. Je lui racontais même ce que je connaissais de la vie de chacun de mes clients. Il n'y a eu que moi et mes histoires. Pendant les trois premiers matins.

Au matin du quatrième jour, j'ai tenté la question. Nous nous étions un peu rapprochés, je sentais que je pouvais me le permettre.

— Papa, pourquoi t'as pas une casquette des Expos comme tout le monde ?

— Ah.

Il avait une façon très scolaire de prononcer ses « ah » quand il voulait faire comprendre qu'on approchait d'une réponse, ou d'une question pertinente, ce qui était pour lui en substance la même chose.

— Tu as remarqué ça, toi ?

— Oui, mais je sais pas c'est quoi, le gros « Y » en avant.

— C'est pour « Yankees », les Yankees de New York.

— Ah.

— Yankees, c'est le nom de l'équipe ; New York, c'est le nom de la ville.

Il n'oubliait jamais d'enseigner.

— Pourquoi tu prends pour cette équipe-là ?

— Je ne prends pas spécialement pour cette équipe-là.

— Ah.

— …

— Pourquoi d'abord t'as une casquette d'eux autres ?

— Bonne question.

— …

— Un peu à cause d'un livre.

— Ah.

Il laissait toujours de longs silences, entre deux phrases, ce qui donnait souvent à penser qu'il avait terminé alors qu'il laissait plutôt à ses mots le temps de se poser dans l'esprit de son interlocuteur et de se transformer en intervention pertinente. Ce n'était pas plus long, selon lui ; on échangeait seulement moins d'informations superflues qui freinaient inutilement l'acte de communication. Moi, j'avais l'habitude ; je prenais tout mon temps avant de le relancer. Mais les gens s'empressaient généralement de remplir les trous avec des vétilles qui faisaient souvent regretter le silence.

— *Le vieil homme et la mer.*

— Qui ça ?

— C'est le titre du livre.

— Ah.

Le grand inconvénient avec cette façon presque méditative de converser, c'est qu'il fallait se souvenir de la dernière phrase — et préférablement dans le contexte du sujet de conversation — pour que l'échange soit efficace. Je développais ma mémoire.

Un demi-coin de rue plus loin.

— Il porte une casquette, lui aussi ?

— Non. Ce n'est pas très utile sur la mer, surtout tôt le matin.

— …, ai-je fait en cherchant une réponse pertinente.

— Le soleil est réfléchi par l'eau.

— …

— Les reflets viennent d'en bas, la visière ne sert à rien.

— J'avais compris.

— Bien.

On n'a plus parlé que du vieux et de son poisson pendant les trois matins qui ont suivi. Il me dévoilait l'histoire par bribes, au fil de mes questions qui nous entraînaient quelquefois au large. Et comme mon père contrôlait habilement le rythme des révélations et me laissait beaucoup réfléchir, le récit de ce vieux brave homme luttant pendant trois jours contre un énorme espadon s'est étiré, lui aussi, sur trois jours.

— Donc, pour revenir à ta question…

Ça remontait à mardi. On était jeudi.

— … je porte cette casquette-là parce que ça me fait penser au vieux Santiago, le personnage d'Hemingway, seul en mer, qui se tue pour ramener un poisson deux fois grand comme sa chaloupe.

— Ah.

— Il y arrive en pensant au grand Di Maggio.

— Pourquoi ?

— Parce qu'il pense que Di Maggio aurait été capable de le faire.

— C'est qui, Di Maggio ?

— Un très grand joueur de baseball.

— Il pêchait, lui aussi ?

Sourcils froncés : mauvaise question. Seul moyen de réparer un peu : laisser filer le temps.

— …

— Il est très fort, Di Maggio ?

— Il était très fort, oui, d'une certaine façon.

— Il l'aurait attrapé, lui, le poisson ?

— Peut-être.

— Ah oui ?

— Peut-être pas.

— Ah.

— Ça n'a aucune importance…

— Pourquoi ?

— …

— …

— Le vieux y croit, c'est assez.

— …

— …

— Mais y a le petit gars, aussi.

— Hum hum.

— Quand il dit : « Si le gosse était là », c'est parce qu'il pense à lui aussi.

— C'est vrai.

— Ça l'aide aussi pour pogner l'espadon.

— Hum, pour attraper l'espadon, oui, sûrement…

— …

— …

— OK. Je comprends.

— …

— …

— Mais ce n'est pas vraiment contre un poisson qu'il se bat…

Il m'abandonnait quelquefois en pleine mer, comme ça, sans secours. Impossible de tenter une question pour élucider quoi que ce soit.

Alors je suis allée lire l'histoire. Il y en avait une vieille copie annotée dans notre petite bibliothèque composée d'une dizaine de livres coincés entre le globe terrestre et le panier à couture de ma mère. J'avais besoin de la Havane, de la cabane du vieux et des rêves de lion pour comprendre. En fait, comme tous les sceptiques, j'avais besoin de voir. J'ai commencé à pleurer dès le début, quand le petit demande au vieux ce qu'il va manger pour le souper et que celui-ci répond du riz au safran avec du poisson alors que tous les deux savent trop bien qu'il ne mangera pas, puisqu'il n'a rien pêché depuis quatre-vingt-quatre jours, et qu'il n'y a pas plus de riz que de poisson. Ils se jouent comme ça la comédie tous les soirs, pour rire un peu. Comme quoi c'est peut-être vraiment l'humour qui meurt en dernier. J'ai lu le livre d'un coup, en quelques heures de parfaite catalepsie, enfermée dans ma chambre. J'ai ensuite dépensé des années de larmes qui m'ont tant boursouflé le visage que j'ai préféré me priver de manger toute la journée — le vieux tenait depuis des mois avec presque rien, je pouvais commencer par ça — plutôt que de me soumettre au sarcasme de Jeanne qui ne manquerait pas de se payer ma tête.

Mais notre chambre donnait sur la cuisine.

— Elle est encore en train de se conter des histoires, elle ?

— Jeanne, laisse faire.

— Non, mais c'est vrai, elle se prend tout le temps pour un saint martyr canadien.

— Laisse-la tranquille.

— Elle exagère tout le temps, elle raconte n'importe quoi pour se rendre intéressante…

— C'est assez, Jeanne !

— Je peux me lever de table ?

— Non, ta petite sœur a pas fini.

— Elle mange comme une tortue, on en a pour la nuit.

— Non… pas une to'tue.

— T'es pas une tortue, t'es un bébé.

— Jeanne…

L'hérédité, c'est extrêmement puissant. Même avec un petit quart de sang de grand-père dans le corps, ma sœur semblait avoir développé le syndrome de la haine débordante. Elle ne pouvait pas comprendre qu'il est nécessaire quelquefois d'arranger les histoires, de leur donner un tour un peu différent, parce que si on laisse toujours la réalité s'imposer tout entière, sans nuances, sans coup de crayon, la mer n'est que de l'eau salée et les sauveurs d'enfants se pointent en retard.

Toc toc toc !

— Laissez-moi tranquille.

— Zoe ?

Ti-Pou. Je savais que ma mère finirait par me l'envoyer, je ne pouvais pas lui résister.

— Tiens.

Elle tenait dans ses petites mains malhabiles deux hot-dogs enveloppés dans des essuie-tout. J'avais le droit de manger, après tout. Se laisser mourir de faim n'était pas un acte qui condamnait à passer en dessous de la table.

— Merci.

— Ze peux-tu m'assire sur ton litte ?

— Lit.

— Ze peux-tu m'asseoir sur ton lit ?

— Ben oui, viens.

— Ze veux une bouchée.

— T'as pas mangé?

— Y en avait plus.

— Tu m'en as amené deux, y en restait sûrement.

— Ben non, y en avait plus.

— On va en manger chacun un, OK?

— OK. T'as de la peine, Zoe?

— Ben non, c'est correct là.

— OK.

— Tu peux dormir avec moi, si tu veux, ce soir.

— Vouuuuuui!

— À condition que tu me pètes pas dessus.

Pour entendre son petit rire en cascade, j'étais prête à endurer une nuit de coups de pied et de couverture volée.

— Zoe?

— Quoi, Ti-Pou?

— Pas Tsi-Pou. Caquerine.

— OK, Caquerine.

— Noooon…

— OK. Quoi, Catherine?

— Ça fait-tu longtemps que j'ai trois ans et 'mi?

Ce soir-là, pour l'endormir, je lui ai fait des ombres de poissons volants sur le mur. Et des espadons poursuivis par des requins.

Le matin du septième jour — c'est une coïncidence, je le jure —, je me suis pointée seule sur le perron de l'immeuble pour récupérer mes journaux, comme convenu avec mon père. Le jour naissant se taillait une mince éclaircie orangée striée de rose au-dessus des toits; il ferait beau.

Et je ne passerais plus jamais les journaux. J'ai ouvert la porte et j'ai su, c'était fini. Je ne pouvais plus. Je ne pourrais jamais plus. C'est tout. Les jours magiques passés en compagnie de mon père scellaient la fin de cette aventure. Tout était parfait. Il n'y avait plus rien à ajouter ni à regretter.

Dans la cuisine, où mon père m'attendait, je suis entrée doucement en tenant ma grosse poche orange bien serrée dans mes petites mains. J'ai fait non de la tête. Sans tristesse ni rien. Seulement non. Comme on dit non, le facteur n'est pas encore passé. Il m'a souri. Au fond, on le savait depuis le début, tous les deux. Mais le prétexte avait été beau pour profiter un peu de nous.

Il a calé sur sa tête sa belle casquette bleue des Yankees, puis nous nous sommes lancés dans l'aube, pour notre dernière tournée.

À chacun son ours.

Oscar venait tout juste de tomber amoureuse. De l'amant de la reine, bien sûr. On ne raconte pas d'histoire banale à la télé, surtout pas dans les dessins animés. Selon son désir, elle avait été transférée pour s'épargner la douleur de l'impossible amour. Elle s'était retrouvée, à sa grande surprise, affectée aux gardes françaises, les soldats du peuple. Aux miséreux mangeurs de quignons de pain noir, si maigrement payés qu'il leur fallait bien vendre à l'occasion leur fusil de service. Ça sentait déjà la mutinerie à plein nez. Oscar ne l'aurait pas facile parmi cette bande de brutes qui voyaient comme un nouvel affront de l'aristocratie ce nouveau chef qu'on leur imposait.

Oscar se battrait, pour asseoir son droit de les gouverner, dans les coins noirs, par des joutes verbales, des batailles, des duels plus officiels, et s'imposerait partout, bien sûr. La série portait son nom, j'avais compris ça. On ne tarderait pas à découvrir qu'elle était une femme, la promiscuité des cellules de la caserne ne lui offrant plus le loisir de se cacher comme autrefois.

Je suis allée devant le miroir de la salle de bain, pour juger de l'état de ma propre transformation qui avait depuis toujours intimement suivi celle de mon héroïne. Il m'est apparu, notamment à cette douceur que je n'étais jamais parvenue à mater dans mes yeux et mes traits, que redevenir une femme me serait encore possible, si l'envie d'aimer venait à me prendre, moi aussi. Valait mieux être préparée.

Dans l'épisode suivant, le père d'Oscar, tourmenté par le remords au seuil de la mort, avait ordonné à sa fille de renoncer à jouer l'homme et d'accepter de se marier avec le parti qu'il lui avait choisi : un des hommes de son ancienne compagnie. Une espèce de girouette sans âme pleine d'argent et de titres qui trouvait bien exotique de se voir promettre la main de son ancien chef. Elle servirait de bibelot à un homme qu'elle avait commandé pendant plus de dix ans pour honorer son père ? Il allait pâtir, le vieil égoïste, et je m'en réjouissais, puisqu'elle avait choisi d'être un homme, le plus vrai d'entre tous, et jusqu'au bout. Pour elle, il n'y avait plus depuis longtemps moyen de revenir en arrière, de reconsidérer ce destin imposé. En pensant faire un peu de ménage dans le fouillis de ses remords et autres plaies de conscience, le vieux général offrait à sa fille le moyen de se venger de lui : elle n'avait qu'à poursuivre son honorable carrière.

Je n'en ferais pas moins. Je serais une femme qui joue à l'homme, moi aussi, une vraie. Même si mon père ne me le demandait pas. Peut-être précisément parce qu'il ne me le demandait pas.

7

— T'as quel âge ?

— Douze ans. Presque douze.

— Ouin, t'es pas mal petite pour presque douze ans.

— Oui, c'est pas de ma faute.

— Ah misère, pauvre toi, tu vas être petite comme moi. T'es pas chanceuse. C'est jamais facile dans la vie quand t'es petite. Quand t'es grosse non plus, remarque ben. J'peux t'le dire.

Madame Deslauriers était une petite boule de femme qui savait de quoi elle parlait. Et comme je venais habilement de faire bifurquer la conversation vers la fatalité qui unissait nos petites destinées, il n'a plus été question d'âge. Ça me semblait malgré tout plus facile d'avoir douze ans maintenant que j'en avais dix, qu'avoir eu dix ans au moment où je n'en avais que huit.

— Comme ça, c'est Roger qui t'envoie ?

— Oui, madame.

— Comment y va, le vieux chnoque ?

— Ça va.

Comme j'avais peur d'attiser chez elle d'autres sympathies en lui révélant qu'il faisait du temps en attendant avec impatience de crever, je m'en suis tenue à une formule laconique qui n'était que le début d'une longue vérité sur laquelle nous ne pouvions, ni l'une ni l'autre, nous attarder. On discutait boulot.

— Dis-moi donc, est-ce que t'es vite, toi ?

— Oui, madame.

— T'es chialeuse ?

— Non, madame.

— Tu vas voir, c'est dur en maudit, cette job-là. Y en a pas beaucoup qui arrivent à toffer.

— Je vais être capable, madame.

— T'as l'air sûre de toi.

— Ça se peut.

— T'es quasiment baveuse, j'haïs pas ça, a-t-elle ajouté en traînant les mots pour montrer qu'elle en était capable elle aussi.

— Je m'excuse.

— Ben non, c'est correct, excuse-toi pas. Ça va te servir dans la vie de savoir répondre. Crois-moi, faut savoir se défendre sinon on se fait manger tout cru. Je pourrais t'en raconter des histoires...

« Non, non, non, non, non ! » ai-je fait intérieurement avec une force capable de faire vibrer le marteau de son oreille interne.

— ... mais on n'a pas le temps pour ça.

« *Yes !* »

— Je pense que je vais t'essayer.

— Quand ?

— Tout de suite, il me manque une fille pour à soir.

— OK.

— T'arrives d'habitude à 6 h, tu fais la mise en place jusqu'à 6 h et demie. Tu sers aux tables jusqu'à 9 h et demie. Tu fais le ménage de la cuisine avec les autres jusqu'à temps que les lavabos et les comptoirs soient comme neufs. Je vais te montrer comment faire avec du Ajax, ça fait beau, tu vas voir. Je te donne dix piasses quand tu sors, dix piasses moins les erreurs de commande qu'il faut que tu paies, c'est sûr. Fait qu'arrange-toi pour pas te tromper. Tu gardes tes tips, ça me regarde pas.

La mise en place s'achevait quand je suis venue rejoindre les trois autres fillettes qui, comme moi, cabaret en main, gomme en bouche, s'apprêtaient à prendre d'assaut un grand gymnase bondé de petites madames superstitieuses cordées comme des sardines pour le Mégabingo du mercredi. Par la petite fenêtre rectangulaire de la porte, on apercevait la marée grouillante de têtes frisées. Les coiffeuses travaillaient fort le mercredi.

Une des filles s'est approchée de moi.

— Quand tu rentres, tu t'en vas au fond, t'as la quatrième rangée vu que t'es nouvelle. Tu regardes pas les autres clientes qui crient après toi dans les autres rangées. Y en a toujours qui sont ben pressées, mais tu t'en fous, t'as ta rangée. Y a pas loin de 100 personnes dans ta rangée, fait qu'amène-toi un papier pis fais-toi un plan sinon tu vas être toute fuckée au bout de dix minutes. Compte comme il faut, y en a toujours qui essaient de te fourrer.

— Pis tu prends pas de commande dans les autres rangées, sinon… c'est ça.

— Passe par l'ascenseur quand ton *tray* est plein, sinon tu vas tout échapper dans les marches.

Mes jambes ont à peine tenu le coup quand j'ai mis le pied dans l'immense gymnase. On aurait dit un camp de réfugiés. S'entassaient là, dans une excitation très palpable, des centaines de personnes dans un désordre organisé, attablées devant des tapis de cartes de jeux. Les quelques rares petits coins non utilisés des tables servaient de refuge à une foule de petites bêtes, breloques et bibelots, faits de plastique, plumes, plâtre et fausses pierres, installés là, étrangement, pour inviter la chance. De pareilles adorations, si sincères et puériles, avaient quelque chose d'émouvant ; devant tant de naïveté, même Moïse n'aurait pas pu se choquer.

J'ai traversé la salle d'un pas ferme, pour ne pas me laisser happer par le chant de sirènes — ♫ psitt ! psitt ! hé ! psitt ! hé ! toé ! psitt ! hé ! psitt ! ♪ — et j'ai gagné ma rangée, la quatrième, celle du bout du monde. Je me suis fait un plan très approximatif — trop — et je me suis lancée.

— Psitt ! Un café deux-deux.

— Ça veut dire quoi, deux-deux ?

— Deux crèmes, deux sucres.

— Psitt ! Un ordre de toasts *plain*.

— Deux toasts avec du *plain*, OK.

— Hé ! Une frite !

— Psitt ! Une patate !

— Toé ! Un pogo ketchup.

J'écrivais n'importe où, j'étais trop stressée pour arriver à m'orienter sur mon propre dessin et je voulais donner l'impression que tout allait bien. Il ne fallait surtout pas les déconcentrer. D'ailleurs, je n'arrivais pas à comprendre comment ces femmes-pieuvres pouvaient à la fois écouter les numéros mâchouillés dans un micro d'avant-guerre, fumer une cigarette, boire un café, placer des tonnes de pinouches en un tour de doigts sur une mer de cartes entraperçues du coin de l'œil tout en parlant de rien du tout avec Madame Chose. Le contrôle aérien devrait sérieusement considérer le talent multiforme des joueuses de bingo. Faudrait faire vite, c'est un sport en voie d'extinction.

Les petits gars qui travaillaient aux cuisines se sont empressés de me rendre mes commandes et c'est seulement une fois dans l'escalier, en train de ramasser la cascade dégoulinante que formait la moitié renversée de ce qu'il y avait sur mon cabaret, que je me suis aperçue que j'avais oublié de m'informer des prix. Je suis remontée en vitesse, en ai profité pour échapper ce qui restait avant d'arriver au comptoir, catastrophée, les yeux pleins de larmes qui n'étaient pas cette fois un accessoire de scène.

L'un des cuisiniers s'est avancé sans rien dire, a fait comme si tout était normal, a désempalé une pile de commandes afin de trouver la mienne et m'a fait comprendre, en secouant nonchalamment une mèche un peu grasse de son toupet trop long, qu'il remettait ça. Une belle pitié silencieuse. Et efficace. Et quand tout a été prêt, pour la deuxième fois, Cinthia, l'une des serveuses, m'a accompagnée jusqu'à l'ascenseur et a attendu que la porte se referme sur nous.

— Regarde pas tout le temps de même dans ton *tray*, c'est ça qui fait toute tomber. Regarde en avant, pis jette juste un œil de côté, tu vas être en équilibre.

— OK.

— Vas-tu retrouver où ça va toute ça?

— Ben… je pense… peut-être pas… non. Je suis toute mêlée dans mon plan.

Je parlais à voix basse, la tête baissée, pour ne pas laisser entendre le trémolo qui se composait un petit air sur mes cordes vocales.

— Montre.

Elle a attrapé le papier posé sur mon cabaret. Dérisoire petite feuille gribouillée. Je le tenais si fort que mes doigts en devenaient blancs.

— Ouin, t'es dans 'marde, ma fille.

J'ai ravalé mes larmes.

— L'affaire du plan, ça marche pas, c'est d'la marde. Ça devient trop fuckant, toute sur le même papier. C'est l'autre emmerdeuse qui a dû te dire ça. Écoute ben : y a vingt longues tables dans ta rangée. Tu donnes un numéro à chaque table avant de commencer. Pars du bord des toilettes, ça va mieux. Quand tu prends une commande, mettons un ordre de toasts, tu écris le numéro de la table, mettons 12, pis là tu regardes ben comme il faut la personne qui veut manger des osties de toasts, pis tu marques quèque chose qui va te faire penser à elle, genre « grosse mauve », si c'est une grosse torche qui a un chandail mauve. Fait que là, sur ta feuille, tu fais trois colonnes. Dans la première, tu marques « où » = 12 ; au milieu, tu marques « qui » = grosse mauve ; en dernier, tu marques « quoi » = *toasts*. Fait que quand tu regardes ton papier, après, tu vois tout de suite combien t'as de commandes à la 12 pis à qui ça va. Prends jamais plus que 15 commandes de la *shot*. Tu donnes ça de même en haut, y connaissent ça, y regardent la bouffe à faire dans 'dernière colonne, pis y te redonnent ton papier au lieu de le mettre sur le piquet. Quand t'as toute livré, tu prends un autre papier. Tu peux même les préparer d'avance. Toujours vingt rangées. Regarde, de même.

Elle m'a tendu une pile de feuillets quadrillés dont les lignes menaçaient dangereusement de se toucher.

— … OK… merci… merci.

— Dis pas que tu fais ça, pis cache tes papiers, la grosse Deslauriers va capoter si a te voit faire ça.

— Pourquoi ?

— J'sais pas, devine !

Les larmes faisaient vibrer ma lèvre inférieure, toutes prêtes à gâcher ma carrière.

— Parce que les gars *callent* les commandes avec nos papiers, dans 'cuisine : « frites sauce triple menton ! *cheeseburger* cheveux bleus ! ON SE GROUILLE LE CUL, GUEDILLE AUX ŒUFS GROSSES BOULES ! » Ça les amuse ben gros, sont tellement cons. Mais pas elle. C'est parce qu'a fait de la projection.

J'ai ri un peu, ça m'a fait du bien, même si je n'avais aucune idée de ce qu'était la projection. Elle souriait à peine, mais je sentais que chez ce bout de femme brute, c'était là une forme de grande effusion.

— Pis si tu trouves pas où vont tes affaires, va voir l'annonceur en avant, y va t'aider. Le monde va sacrer, mais tu t'en occupes pas. Sont jamais contents de toute façon, tant qu'y gagnent pas le gros lot.

— OK. Merci.

Cinthia avait treize ans et l'amertume d'une femme mûre malmenée par la vie. Je l'aurais suivie partout tellement ça me rassurait de l'entendre parler.

L'annonceur, en me voyant approcher avec mon bout de papier taché de café, s'est penché un peu en grognant pour attraper la liste des commandes égarées que je lui tendais.

— OK ! Qui a commandé un café deux-deux à la 'tite blonde dans 'rangée du boutte ? a-t-il lancé au micro pour le bonheur de tous.

— Choooooou !

— ICITTE !

— Qui a commandé un *grilled-cheese* bacon à la 'tite pardue ?

— Choooooou !

— MOÉ !

On perdait du temps pour les numéros, il y aurait moins de gagnants. Je n'en finissais plus de me confondre en excuses que personne n'écoutait.

Et puis, comme je n'y croyais plus, la soirée a pris fin. Nous avons donc pu nous joindre aux garçons des cuisines pour nettoyer et remplir les comptoirs, les réfrigérateurs, les lavabos et tout le reste. Les gars prenaient en charge les friteuses et les inventaires, transportaient les grosses caisses à monter de la réserve. Les filles dégraissaient, rangeaient, comptaient. Évidemment, ce soir-là, je n'ai pas montré plus de talent en cela qu'au service aux tables.

— Qui a lavé ce lavabo-là ?

— C'est la p'tite.

— Viens ici, la p'tite.

— Oui.

— Regarde.

— Oui.

— Je vois des traces ici, pis ici. J'veux pas de traces. Faut qu'on pense qu'y a jamais servi, faut qu'y soit comme neuf. Tu recommences.

— Oui.

— Tu mets du Ajax, tu frottes avec un peu d'eau, tu rinces à grande eau en enlevant le Ajax ben comme il faut, pis dépêche-toi d'essuyer pour pas que ça fasse de traces. C'est ça le secret, faut essuyer vite.

— Oui.

Je suis entrée dans une guerre contre l'acier inoxydable que j'ai perdue sur tous les fronts. À la quatrième inspection du même lavabo, Madame Deslauriers s'est résignée à accepter mon travail. Avec une exaspération à moitié faite de lassitude, je crois. Je n'arriverais à rien de mieux. Elle a fait le compte et m'a annoncé, évidemment, que je n'aurais pas de paie. Mais comme elle était fort magnanime, elle ne m'a pas réclamé les pertes excédentaires, pour cette première fois, puisque c'était une première fois. Elle estimait, dans son infinie bonté, qu'il aurait été injuste de payer pour venir travailler.

— Reviens-tu la semaine prochaine ?

J'ai eu envie de dire non, de me mettre à chialer, de courir me jeter dans les bras de ma mère, de crier maman maman maman, juste comme ça, juste pour crier quelque chose, d'avoir vraiment dix ans, mais j'avais trop besoin d'un terrain pour exercer mon courage et on venait de me voler la rue. Et ça ne pouvait pas être facile, de devenir brave et courageuse, sinon tout le monde aurait eu l'idée de le devenir.

— Ben si vous voulez, oui, madame. Merci.

— T'as l'air d'une bonne petite, même si t'as les mains pleines de pouces. Ah... j'me rappelle quand j'ai commencé moi aussi...

« Non non non non non ! »

— En tout cas, y est tard. J'te donne une chance.

« Ouf ! »

Il était 22 h 15 quand j'ai quitté la salle du centre culturel, mais je n'avais qu'un peu plus d'une minute de course à faire pour me rendre chez moi. Avant même d'être embauchée, j'avais fait quelques essais. En courant très vite, je pouvais atteindre l'escalier de notre immeuble en 1 min 43, si j'empruntais la rue de la Ronde, en 1 min 27, si je coupais par la 25ᵉ Rue, et en 1 min 12, si je prenais la ruelle et sautais la clôture des Côté. J'avais déjà établi une séquence chaotique indéchiffrable pour le choix du parcours de retour — du genre : 2, 2, 1, 3, 1, 3, 2, 1, 2, 1, 3, 1, 1, 2, 1, etc. — afin de semer les froisseurs qui auraient tenté de décoder mon *modus operandi*. Impossible de repérer un motif dans cette séquence de cinq cents chiffres. Je l'avais soumise à Jeanne qui me l'avait rendue en faisant la moue : « C'est juste des chiffres mélangés n'importe comment. C'est niaiseux. » Parfait. J'allais même perfectionner mon style un peu plus tard en faisant des combinaisons de trajets, tant pour montrer à ma sœur que j'avais un peu de mathématiques que pour confondre les méchants.

Juste au moment où je m'apprêtais à me lancer dans la nuit pour jouer la femme-chat par le chemin numéro trois, Cinthia m'a arrêtée en me tendant le poing. Effarouchée, j'ai reculé.

— Ouvre ta main, nouille.

Elle y a déposé six dollars, trois beaux billets de deux passablement fripés.

— On te donne deux piasses chaque. Salut.

Deux piastres chacune. Et elle est repartie, comme ça, sans autre explication. Là, je n'ai pas pu me retenir. Ça commençait à faire un peu trop d'émotions en trop peu de temps. Je craquais de partout, trop de vagues et de remous. On a beau être fait fort, les éléments l'emportent toujours. Alors je me suis mise à pleurer au coin de la rue, cachée derrière l'abribus tapissé de morve, de graffitis et de vieilles gommes séchées. Avec mes propres pourboires, je ramenais donc 9,70 $.

C'est au petit trot que je suis finalement rentrée, par le trajet numéro un, le plus long, le moins dangereux, pour me donner le temps de me refaire un visage de petite fille un peu fatiguée mais satisfaite de sa première soirée de travail. Je voulais qu'on y lise un peu de cette joie naïve que laisse une sortie au zoo. Ma mère me croyait trop jeune pour le bingo, c'est Roger qui m'avait défendue. Fallait maintenant donner le change.

Tout le monde se la coulait douce sur le perron. Roger fumait d'une main et buvait de l'autre, bien installé dans l'escalier de béton, assez près de mes parents pour pouvoir discuter avec eux, tout juste assez loin pour qu'il ne se sente pas chez quelqu'un. C'était aussi plus pratique pour atteindre la caisse de bières placée sous sa chaise historique. Toutes les lumières restaient éteintes, autant pour le repos des yeux que pour éviter d'attirer les insectes. Çà et là s'allumaient de petites mouches à feu à la pointe des cigarettes.

— Pis ?

— C'était super.

— Tu vas y retourner ?

— Ben oui. Ça devrait.

— Je trouve que c'est un peu tard pour rentrer.

— Ben non, je cours vite.

— C'est pas juste ça, Hélène, t'as de l'école le lendemain.

— J'ai pus besoin de me lever pour les journaux. Je dors beaucoup plus qu'avant. Je peux me coucher plus tard une fois par semaine.

Le ton montait en face, au troisième. Juste sur la tête des Corriveau qui ne prenaient jamais part à ces soirées improvisées avant la fin du scénario.

— Pis, est pas méchante la grosse patronne, hein?

— Roger!

— Ben quoi, simonaque, est grosse, j'ai le droit de dire qu'est grosse?

— Elle a sûrement un nom.

— Elle s'appelle Madame Deslauriers, pis est ben correcte. Elle est *rushante* pour les lavabos, mais ça va.

Les protagonistes étaient maintenant debout et se criaient des insultes en levant des doigts menaçants et en se postillonnant leur rage en gouttelettes baveuses au visage.

— T'as-tu faite ben de l'argent à soir?

— Ben là, franchement, je commence.

— Me semble que t'as l'air un peu maganée, 'tite vermine…

— C'est parce que j'ai mal aux chevilles à cause des escaliers. C'est enflé de ce bord-là.

— Fais-toé une p'tite eau de mer pis mets-toé le pied dedans par *shot* de vingt minutes. Ça va désenfler assez vite.

— Où est-ce que je la prends, l'eau de mer?

— Faut que tu la fasses, la mer est trop loin. Remplis une chaudière d'eau ben frette, pis mets ben du gros sel dedans. Ça va faire pareil.

L'homme venait de descendre dans la rue pour une scène de balcon improvisée. Une nouveauté bienvenue dans le cirque de ces soirées trop souvent prévisibles.

— Salaud!

La femme avait attrapé à ses pieds une bouteille de bière qu'elle venait de lancer sans prendre le temps de viser. La bouteille a fait quelques vrilles en répandant un liquide écumeux avant de se fracasser élégamment sur l'asphalte du stationnement. Du joli. L'autre, en bas, englué dans l'alcool, avait à peine esquissé un pas de côté.

— Salope !

Pour donner du poids à sa réplique, il lui a lancé en même temps une poignée de cailloux qui se sont élevés sans conviction en troupe désordonnée avant de lui retomber sur la tête.

— Salaud !

La bicyclette stationnée sur le balcon a sauté la rampe de fer forgé et s'est déglinguée mollement sur le petit carré de pelouse qui tentait de renaître dans le jeune printemps. Une des roues a eu un spasme nerveux et a fait encore quelques tours dans le vide avant de s'abandonner à une mort mécanique certaine.

— Salope !

À pieds joints, l'homme s'est mis à sauter sur la bicyclette qui devenait, victime innocente, le bouc émissaire de la haine des belligérants.

— Salaud !

Une flopée de petits tubes de papier blanc ont voleté au gré de la brise du soir avant de neiger sur les débris de cette querelle qui amusait sans réinventer le genre. On riait ferme dans les loges tout autour. C'était une guerre sans victime. Malgré son caractère poétique, la pluie des cigarettes sans filtre ni tabac n'est pas parvenue à inspirer l'homme.

— Salope !

Ma mère a cru bon y aller d'un « *go in the bed* » qui m'a privée du dénouement. On me l'a raconté le lendemain : la police, alertée par le général Turcotte, ou la bigote, on ne savait pas trop bien, avait forcé la tragédienne à descendre de son perchoir pour gronder les tourtereaux et les obliger à ramasser, ensemble, les tessons de bouteille, les papiers de cigarettes et l'amas de ferraille qui n'avait plus beaucoup de chance de redevenir une bicyclette. Les comédiens avaient ensuite eu droit aux applaudissements d'usage — même si le texte avait, comme toujours, magnifiquement défié la profondeur et l'originalité — et chacun était retourné à sa vie sans demander de rappel.

Quand je me suis retrouvée sous les lumières du plafonnier de la cuisine, ma mère est venue vers moi. Elle s'est saisie de mon menton et a incliné sa tête à deux heures.

— Comment ça s'est passé ?

— C'était super, ai-je répété avec l'entêtement du criminel qui s'en tient à sa première version des faits.

— Comme tu veux.

Elle est revenue vers moi, a posé ses lèvres sur mon front, une demi-seconde de trop, ce qui m'a forcée à prendre la fuite vers ma chambre pour que tout, en apparence du moins, demeure super. Qu'est-ce que j'aurais pu lui dire, de toute façon ? Qu'il y avait, dans les recoins d'un bingo de Limoilou, un petit trio de femmes arrachées à l'enfance qui se faisait un petit communisme maison ? Ma mère était une femme occupée qui méritait des choses simples.

La porte s'est ouverte, quelques minutes plus tard, et un seau d'eau de mer s'est retrouvé sur le sol, à côté de la commode. Elle savait trop bien que ma tête et la petite bête affolée qu'elle retenait prisonnière ne se laisseraient pas terrasser si facilement par la fatigue. J'aurais bien le temps pour un petit trempage.

La deuxième fois, tout s'est mieux passé. La quatrième rangée, quelque peu désertée après mes frasques de la semaine précédente, m'a semblé plus facile à dompter. J'ai encore échappé quelques trucs, ici et là, dont un café bien brûlant sur les cartes abondamment pinouchées de Fonds de Bouteilles, mais j'ai pu tout de même additionner les quelque 5,50 $ qu'il restait de ma paie à mes 5,12 $ de pourboires. Je n'ai repris le nettoyage des lavabos que deux fois.

Le troisième mercredi, les gens se sont encore davantage entassés sur les autres rangées — Fonds de Bouteilles avait pris un congé de maladie, le choc nerveux ne passait pas, ça impressionnait un peu. Madame Deslauriers m'a remis 8,73 $ — dix dollars moins une grosse frite sauce — que j'ai ajouté à mes pourboires : 7,56 $ + 8,73 $ = 16,29 $. Je commençais à m'amuser avec les autres filles. Verdict pour les lavabos : correct.

Semaine 4 : 8,95 $ + 9,56 $ = 18,51 $, beaux lavabos.

Semaine 5 : 10,00 $ + 9,75 $ = 19,75 $, très beaux lavabos.

Semaine 6 : 10,00 $ + 10,21 $ = 20,21 $. Seuil psychologique du vingt dollars atteint. Lavabos exemplaires. Dans l'euphorie de cette belle performance, première combinaison des trajets deux et trois = 1 min 18.

Semaine 7 : retour des clients. Belle maîtrise du cabaret : 10,00 $ + 12,34 $ = 22,34 $. Lavabos apparemment tout droit sortis de l'usine. Retour au pas de tortue par le trajet un, version allongée, avec Cinthia. Je suis allée voir ma mère, je l'ai regardée dans les yeux et j'ai dit : « C'était super. » Elle m'a crue.

Semaine 8 : les clients ont commencé à avoir des noms. Je ne l'ai jamais dit à Cinthia pour qui ce changement de cap aurait pu être entendu comme un désaveu de son système. Il m'avait bien servi, je n'allais pas le renier. Oscar continuait de m'enseigner l'honneur.

Semaine 9 : quand je suis arrivée chez moi à la fin de la soirée, une ambulance était stationnée devant chez Roger et les gyrophares rouge sang fouettaient les murs et les têtes des curieux agglutinés autour d'un même point. Je ne me rappelle plus, ni pour l'argent ni pour les lavabos.

Voilà, on y était. La mort de Roger.

Ça ne ressemblait, bien sûr, à rien de ce que j'avais imaginé. C'était peut-être le fond sonore, la lumière, trop vraie, les figurants, trop connus, je ne sais pas. Ça manquait cruellement de ce charme auquel les dessins animés m'avaient habituée dans les moments tragiques. J'ai tout de même fini par m'y faire et je me suis frayé un chemin jusqu'à la civière sur laquelle on finissait de sangler mon vieil ami.

— Roger ?

— J'te l'avais dit ! Hein ? Regarde ça, j'sus en train de crever. Tu vas être enfin débarrassée de moé.

— Calme-toi, Roger, a dit doucement l'ambulancier en le retenant sur la civière pour l'empêcher de survivre trop ardemment.

— Il va mourir ?

— Ben non, inquiète-toi pas…

— Tu peux me parler à moé, vermine, j'sus pas encore mort.

— … va juste falloir qu'il se calme un peu, qu'il diminue la bière, la cigarette… Mais ça, c'est pas la première fois qu'on y dit, hein Roger ?

— J'vas pas rien *slaquer* pantoute, maudit Saint-Ciboire, j'sus déménagé icitte pour être plus proche du dépanneur. Pourquoi tu penses ?

— Il va revenir ?

L'ambulancier m'a jeté un regard amical, un peu curieux.

— C'est juste une petite crise d'angine, rien de grave, j'te le ramène dans pas longtemps.

— Si j'sus pas pour crever à soir, laissez-moé icitte, tabarnak.

— Ah non, pas question, tu nous as appelés.

— J'vous ai appelés parce que j'étais en train de crever, pis j'veux pas que ça sente le câlice partout. Si j'crève pas, je m'en vas nulle part, laissez-moé tranquille.

— Trop tard. On va te faire manger de la bonne bouffe d'hôpital…

Roger criait comme si on promettait de l'éviscérer à froid, ce qui lui donnait, de loin, des airs de mourant convulsé de douleur. La foule s'animait. La vieille Corbeau, dont le sentiment religieux s'excitait à la vue de la mort, s'est tout de suite sentie investie du devoir de sauver l'âme du condamné — assurément perdue, selon elle. Elle s'est alors approchée un peu, à distance beaucoup trop respectueuse du malheureux pour que ce soit du respect, et s'est mise à lui crier sa générosité. Son groupe de prières, qui se réunissait le lendemain après-midi, ferait à sa demande une entorse au calendrier prévu des demandes d'indulgence pour traiter son cas en priorité. S'il voulait bien tenir jusque-là, elle l'assurait de la charité de Dieu, qu'elle connaissait bien, et qui ne pourrait lui refuser une petite demande de sursis pour un voisin. Elle soulignait qu'il valait peut-être mieux envisager de réduire, voire de cesser les blasphèmes, pour favoriser la réussite de l'entente. Elle a fini son prêche par quelques signes étranges, les yeux mi-clos, que les petits se sont empressés d'imiter en riant.

Étouffé par la congestion qui, cette fois, menaçait sérieusement de le tuer, Roger ne retrouva la voix qu'au dernier moment, juste avant d'être glissé dans l'ambulance.

— Surtout pas, mes sacristies de punaises, que je vous pogne pas à y dire un mot sur moé, sinon je vous neille dans le bénitier quand j'vas ressoudre.

Ainsi rassurée sur la nécessité de son intervention, la Corbeau s'en est retournée en se tenant bien droite, les mains serrées sur le col de sa petite laine, satisfaite de s'être trouvée une façon de se grandir aux yeux de son dieu.

Les Simard, qui soufflaient encore d'être si précipitamment sortis de chez eux, regardaient la scène un peu catastrophés : ce n'est jamais simple de sous-louer l'appartement d'un mort dont le trépas a été contracté dans l'appartement même. Madame Simard profitait d'un instant de repos en s'appuyant sur son balai. Mais elle est bien vite rentrée, en ployant les épaules, écrasée à l'idée de la tâche de nettoyage qui venait de lui tomber dessus avec le départ précipité du locataire. À moins qu'elle n'ait eu peur, jaugeant le poids de la situation, que les assises du balcon ne tiennent pas le coup.

Malgré l'effort déjà fourni dans les premiers instants de la catastrophe, le père Simard a entrepris de descendre les escaliers pour rejoindre les ambulanciers avant qu'ils n'aient fini de tout remballer. Il tenait à savoir s'il pouvait tout de suite annoncer le logement ou s'il était forcé d'attendre l'annonce officielle de la mort. Pour toute réponse, l'ambulancier est parti d'un grand rire et lui a fait un clin d'œil gris mer glacial. Transformé en bouilloire sifflante par la contrariété, le ventripotent s'est empressé, pour autant que ce verbe puisse s'appliquer à l'accélération de ses mouvements, de rentrer chez lui pour ne rien faire du tout. Et attendre quelque chose. Parce qu'il finit toujours par se passer quelque chose, même quand on ne fait rien. C'est une vieille loi sur laquelle reposent un nombre incalculable d'espoirs.

De partout les voix montaient, racontaient les souvenirs des morts vécues, les peines endurées, la douleur de l'absence, les bienfaits de la mort — de la mort rapide surtout —, la vie trop courte. Et quand chacun a cru qu'il s'était suffisamment plaint de son sort, par ricochet sur celle d'untel et de tel autre, les gens se sont dispersés en cancanant des clichés d'une mortelle vacuité qui ne sont pas parvenus, comme il aurait été souhaitable, à s'échapper dans la nuit pour s'y dissoudre complètement, et à jamais. Les clichés les plus éculés, comme les plus irréductibles maladies, traversent sans ambages le temps et les générations ; pendant ce temps, les plus beaux poèmes s'étiolent dans l'oubli.

Je suis restée là un moment, à regarder la chaise vide, sous laquelle s'entassaient quelques bouteilles tout aussi vides. Il allait revenir, il le fallait. Je n'étais pas encore prête.

C'est bien connu, les malheurs se tiennent toujours en groupe pour se sentir plus forts. Ainsi, le lendemain, alors que j'étais affairée dans le garage à sortir les fenêtres moustiquaires qu'on ne tarderait plus à installer — j'allais devoir faire cette fois sans Roger —, une voiture a renversé Margot juste devant la maison. J'ai d'abord entendu un grand crissement de pneus, puis un bruit sourd suivi d'une longue plainte aiguë, très animale.

Quand je suis arrivée à l'origine du bruit, la rue était déjà pleine de gens qui couraient dans tous les sens, apportaient des coussins, des serviettes, de l'eau, disaient avoir appelé, eux aussi ; d'autres, par désœuvrement, se couvraient le visage à deux mains, comme quand il fait trop froid et qu'on essaie d'empêcher les morsures. Et ma mère hurlait en se débattant, retenue difficilement par deux hommes qu'elle faisait danser par la force décuplée de son corps qu'elle tentait de libérer de leur emprise.

Je ne voyais de Margot que ses petites jambes inertes qui se devinaient par un léger renflement de la couverture posée sur elle. Dans sa petite main, entrouverte, la souris de peluche qu'elle gardait pour la prochaine visite du chat se tenait bien tranquille. Depuis quelque temps, un gros matou rôdait autour de la maison. Elle le couvrait de petits soins pour qu'il revienne souvent. Elle l'avait appelé Bébé Chat, parce qu'elle avait très envie qu'il ait besoin d'une maman, d'elle. Je recréais la scène en collant les fragments de conversations que j'attrapais dans la foule. Je la revoyais très bien courir derrière lui, si excitée à l'idée de lui offrir son jouet qu'elle avait perdu la conscience de l'espace, de la rue et de ses dangers. Elle était sortie de nulle part à une vitesse folle devant une voiture de taxi qui n'avait rien pu faire. Elle était toujours là d'ailleurs, la voiture, mal garée sur le côté droit de la chaussée, arrachée à sa course par le passage d'une enfant aveugle d'amour pour un petit chat. Le chauffeur, statufié, attendait que le cauchemar passe, que l'horreur se dissipe un peu. Mais ça ne venait pas. La terreur lui clouait les yeux ouverts.

On ne pouvait pas laisser ma mère s'approcher de Margot parce qu'il fallait éviter de la bouger si on ne voulait pas la briser davantage. Ses gesticulations désespérées pour que le temps rebrousse chemin et fasse dévier la voiture étaient menaçantes pour la petite blessée.

Mon père est parvenu à la calmer en l'étouffant dans ses bras. Ils ont pu s'engouffrer, fondus en un seul être, dans l'ambulance qui venait d'emballer, en un temps record, tout le bataclan de l'accident. Je voyais une main s'agiter dans les ténèbres qui s'ouvraient devant moi. J'ai mis de longues secondes à reconnaître l'ambulancier de la veille, celui-là même qui avait kidnappé Roger en promettant de me le ramener. Je ne lui ai rendu ni son sourire ni ses salutations, mais une réponse faite de mots murmurés, cassés par l'émotion, pour qu'il puisse lire sur mes lèvres : « C'EST-MA-SŒUR. »

Sa main est retombée et son visage s'est défait. C'est là seulement que j'ai vu la cicatrice qui lui coupait le sourcil droit. Sans la lumière d'un sourire pour irradier son visage, la sévérité qui s'en dégageait lui donnait un air mauvais. Je lui ai gâché son moment de retrouvailles, mais je ne pouvais pas lui laisser croire que je me trouvais là par hasard et que j'étais heureuse de le voir. Comment peut-on d'ailleurs souhaiter voir et revoir un ambulancier en service ? Les yeux rivés au sol, il a sauté à son tour dans l'ambulance, sans se retourner, confus comme celui qui se trompe d'adresse.

Ma sœur était morte et mes parents m'abandonnaient. Ça jouait un peu dur. Je plongeais cette fois sérieusement dans la misère. Je n'avais plus rien à inventer, le malheur me coupait tout sous le pied, l'avenir et le reste.

J'en étais à me demander comment nous allions organiser notre survie quand le général Turcotte s'est planté devant moi en position de rapport officiel, les jambes au repos, le torse bombé et le menton à angle télescopique.

— Ta mère m'a dit de vous dire de rester à la maison, elle va vous appeler dès qu'elle va arriver à l'hôpital. Ton père va revenir dès qu'ils vont savoir ce qui se passe.

— Euh… OK.

Ses yeux fixaient quelque chose d'imprécis, loin derrière moi.

— Elle m'a dit que vous étiez capables de vous arranger pour le souper, en suivant les journées : lundi, mardi, mercredi, jeudi, vendredi, samedi, dimanche.

Non, ils ne fixaient rien du tout.

— Mais vous pouvez venir chez nous, si vous voulez. J'ai pas de place dans la cuisine pour tout le monde (un régiment de trois petites filles maigrichonnes, une cuisine lilliputienne assurément), mais on peut manger dans le salon, j'ai deux divans. Pis une télé.

— Je vais m'arranger avec les journées, merci quand même.

Il m'a saluée d'un petit coup de tête sec et s'est dirigé vers sa maison gardée par Gros Minet le cerbère, devenu fou par l'agitation des passants qui traînassaient devant son territoire. Par un habile jeu de pieds, le général s'est tourné à nouveau vers moi en effectuant un pivot chirurgical de 180 degrés. Fascinant : rien n'avait bougé sur lui, comme si c'était plutôt la terre entière qui venait de faire demi-tour pour nous placer face à face.

— Hé ! Petite !

— Hélène. Ou Joe.

— …

— Joe, c'est correct.

Il n'était pas habilité à faire des choix.

— OK, Joe, ta petite sœur avait repris conscience, tantôt, dans l'ambulance.

Comme ce n'était pas une question, je n'ai rien répondu. Et comme mes jambes avaient cessé un instant de me supporter, j'ai plutôt entrepris de m'accroupir pour rattacher l'un des lacets imaginaires de mes espadrilles à velcro. Elle n'était pas morte, je la reverrais peut-être, ma petite Margot, ma belle petite Margot, ma petite sœur à moi. Notre famille n'était peut-être pas tout à fait décimée, tout reprendrait sa place, comme avant. J'irais tuer le chat, peut-être tous les chats, j'éradiquerais l'automobile de la planète et j'égorgerais Roger de ne pas s'être trouvé à son poste au moment où on aurait tant souhaité qu'il y soit. Pour une fois. Je n'étais pas encore une adulte, mais j'avais déjà assez d'humain en moi pour avoir très envie d'en vouloir à quelqu'un. J'ai essayé de ne rien laisser paraître de mon soulagement, qui aurait trahi mon angoisse, en tentant de montrer que je ne faisais qu'élaborer la meilleure stratégie à adopter dans les circonstances.

— On est quel jour?

— Jeudi.

— Parfait.

Spaghettis sauce à la viande Catelli. Ce ne serait pas trop compliqué : de l'eau à faire bouillir, des spaghettis à faire ramollir dedans, une boîte de sauce à chauffer. L'organisation alimentaire de ma famille reflétait les talents culinaires de ma mère et comblait les besoins structurels de mon père. Rien n'a jamais été écrit, mais tout le monde connaissait les moindres détails de son immuable calendrier. Mes papilles gustatives ont fini par être à ce point conditionnées que je ne peux que sourire quand mes pas me traînent, encore aujourd'hui, le samedi soir, chez un quelconque Johnny-Patate. Interrogées séparément, nous aurions toutes rempli le tableau de la même façon.

	MIDI	SOIR
LUNDI	crêpes	pain de viande
MARDI	pâté chinois	hot-dogs
MERCREDI	*grilled-cheese*	nouilles aux œufs avec boulettes (sauce brune Esta)
JEUDI	jambon et patates pilées	spaghettis sauce en boîte Catelli
VENDREDI	soupe en boîte	pizza commandée chez Giffard Pizza
SAMEDI	restants (malheur que l'idée du souper à venir rendait acceptable)	hamburgers, frites et un verre de boisson gazeuse au choix (incluant des saveurs exotiques comme raisin, fraise, orange, racinette)
DIMANCHE	restants (malheur que la chance de ne pas aller à l'église rendait tolérable)	souper thématique*, « L'étiquette à table » ou « L'art de bien manger » : fondue chinoise, steak et autres folies bourgeoises, vin ou jus de raisin selon l'âge.

* Les soupers thématiques étaient, à l'origine, des prétextes à l'enseignement des bonnes manières à table. Voici quelques-unes des compétences visées : couper une pièce de viande avec un couteau et une fourchette sans faire grincer des dents les autres convives, placer correctement les fourchettes dans le bouillon de fondue, tenir une coupe à vin, garder sous la table certaines parties du corps non admises sur le dessus : coudes, genoux, pieds, etc., laisser parler l'interlocuteur, que ce soit intéressant ou non, en lien avec la conversation entamée ou non, demander poliment les objets d'utilité disposés sur la table (au lieu d'étendre un bras au-dessus de l'assiette du voisin, par exemple), s'exprimer dans une langue qui sied à l'activité, etc.

Nous mangions des céréales sans lait le matin — enseignement de mon père qui n'aimait pas se sentir pressé par l'imminence de leur ramollissement — et il n'y avait jamais de dessert. C'est tout. Un tel système pourrait sembler spartiate, mais présentait un nombre impressionnant d'avantages : il n'y avait pas de surprises, bonnes ou mauvaises, donc pas de déceptions, pas de questions, pas de chichi. Un enfant de dix ans pouvait apprêter toutes les recettes avec succès. Tout le monde savait toujours à quoi s'attendre et chacun était libre de ne pas manger, l'absence de dessert n'offrant pas d'incitatif ou d'objet de chantage. Aussi, toutes les dérogations au menu de base se transformaient en jours de fête. La moindre petite boîte de raisins secs avait le pouvoir de ressusciter Pâques.

Nous avons donc scrupuleusement suivi le menu, sans boisson gazeuse ni rien, même si personne n'en aurait jamais rien su, parce que dans les moments de troubles profonds, les repères familiers, comme les habitudes et les règlements, sont rassurants. Catherine, frappée de régression instinctive, avait cependant tenu à ce que je lui donne à la petite cuillère ses spaghettis coupés menu, comme au temps où ses propres mains lui étaient encore des appendices étrangers qui ne répondaient pas très bien à ce qu'elle souhaitait en faire. Autrement, elle a pleuré sans arrêt, comme le bébé qu'elle tentait de redevenir. Le cerveau est capable de bien des acrobaties pour se fuir.

Mon père est revenu juste après les spaghettis, coupant court à notre vie d'orphelines, s'est empressé d'accomplir le rituel de l'armoire à outils avant de nous réunir au salon. Tout allait bien, les jambes de Margot avaient tout pris et limité les dégâts en se cassant. Elle était encore sous le choc, mais ça passerait. Elle aurait de beaux plâtres sur lesquels on pourrait dessiner, écrire nos noms, faire des charades et même des mots fléchés si on le voulait, oui, Jeanne. Il faudrait l'aider, essayer de nous rendre utiles à notre mère qui lui ferait l'école à la maison jusqu'à la fin de l'année, puisqu'elle ne pourrait pas tenir assise sur une chaise.

L'accablement de mon père se lisait dans la couleur cendre de sa peau. J'aurais voulu aspirer sa fatigue et sa détresse et me taper ensuite une maladie d'enfant comme la varicelle ou la gastro-entérite pour m'en débarrasser en les vomissant. Je pouvais, moi, rester allongée toute une semaine sans que le cours du monde ne s'arrête. Et je savais souffrir.

Le lendemain, j'ai séché les cours. J'avais des affaires à régler qui promettaient davantage de me soulager que l'étude de l'anatomie interne d'une fleur. L'école pouvait appeler, il n'y aurait personne pour se fâcher ou s'inquiéter, ni de répondeur délateur pour venir relayer l'information jusqu'à une autorité parentale : ma mère était au chevet de Margot.

J'ai puisé quelques dollars dans ma réserve et je me suis rendue à bicyclette au magasin de jouets du centre commercial pas trop loin de chez nous. Là, j'ai déambulé dans les couloirs en me laissant guider par le rose et les brillants censés figurer la luminescence qui accompagne toujours les mouvements de princesses. Dans la section « Rêve d'amour/Robes et accessoires », j'ai retrouvé la paire de souliers à talons hauts dorés surmontés d'une boucle scintillante fuchsia que Margot avait tant désirée. À voir l'impressionnant rayonnage surchargé d'escarpins magiques en plastique, elles étaient nombreuses à croire que s'élever de deux pouces pouvait transformer une vie. Puis j'ai foncé jusqu'à l'hôpital, sur mon beau cheval blanc, cheveux au vent, où j'ai retrouvé Roger dans la chambre 214-B, au fond d'un couloir sombre qui sentait les catacombes. Quand je suis entrée, il s'est tourné doucement vers moi, comme pour éviter de se casser, et m'a tout de suite souri parce qu'il croyait que je venais lui faire une petite visite d'amitié dans le style fleurs et chocolats.

— C'est de ta faute !

— Bon, 'est encore choquée, elle, a-t-il fait en se retournant vers la télévision.

— T'étais pas là pour surveiller. D'habitude, t'es là pour surveiller. Tu fais chier.

— Je serai pas tout le temps là pour tchèquer, câliboire. Pis parle pas de même, toé, ta mère va te maudire une claque. Va ben falloir qu'a l'apprenne à tchèquer des deux bords avant de se garrocher dans 'rue.

— Tu sais même pas ce qui est arrivé.

— On est dans la même hôpital. Jim est passé tantôt…

— Jim qui ?

— Jim l'emmerdeur, le maudit grand fatigant qui m'a emmené icitte, tabar…

L'ambulancier. Il s'appelait Jim, comme dans les westerns où les cowboys marchent lentement, dégainent vite et ont des cicatrices et des bottes sales très lourdes. Je sentais que quelque chose m'échappait. Ça me plaisait d'entendre parler de lui. Ce n'était pas encore de la trahison, mais une sensation un peu dérangeante, comme un peu de sable dans le fond d'un soulier.

— En tout cas… ce serait le *fun* si t'arrêtais de vouloir crever.

— Pis toé de jouer au p'tit gars manqué.

— Rapport.

J'aurais voulu lui répondre que je n'avais pas choisi ma vie, mais que je consentais à ce destin qui m'incombait, pour l'honneur, pour ma famille, mais j'étais tout de même consciente de ce que je pouvais lui raconter, alors j'y suis allée d'une réplique plus conforme à notre relation.

— Mêle-toi de tes affaires.

— Toé aussi.

Je l'ai laissé patauger dans ses jurons. Deux étages plus haut, dans l'aile des enfants, aux murs couleurs tentative de bonheur garnis de dessins qui ne rendaient que plus criante la joie qui ne s'y trouvait pas, j'ai retrouvé ma petite sœur aux jambes de plâtre, bien tassée au fond d'un grand lit monté sur treillis métallique. Juste à ses côtés, sur un fauteuil qui avait fait toutes les guerres, dormait ma mère, la tête renversée, la gorge offerte à tous les dangers. Margot m'a fait signe d'approcher, le doigt en travers des lèvres, les yeux exorbités de surprise et de bonheur. J'ai regardé ses jambes avec fascination, comme s'il s'agissait d'une robe merveilleuse, et je lui ai fait une révérence pour jouer un jeu qu'elle a tout de suite compris. J'étais heureuse d'être seule avec elle pour lui offrir les souliers, sans craindre les reproches de ma mère qui n'aurait pas manqué de me rappeler la crise de nerfs que Margot avait faite quelques mois plus tôt au magasin de jouets. La fin du magasinage avait alors été quelque peu précipitée.

Elle les a pris dans ses petites mains tremblotantes, incapable de parfaitement contenir son excitation. Ses yeux ont louché vers ma mère une fraction de seconde avant de revenir aux souliers.

— C'est la couleur que je voulais.

— Je sais, je m'en rappelais.

Elle me souriait de toutes ses belles dents neuves bien cordées qui s'étaient, dans un esprit de discipline qui avait ébaubi tout le monde, même le boucher-dentiste, empressées d'occuper les trous qu'on leur avait ménagés.

— Sont vraiment trop beaux, a-t-elle dit de sa petite voix chevrotante d'émotion.

— Tu vas pouvoir les porter bientôt.

— Quand?

— Quand on va enlever les plâtres.

— OK, c'est quand, ça?

— Quand ça va être l'été.

Sa petite mine heureuse a bien tenté de résister, mais le découragement a finalement réussi à lui tirer les coins de la bouche vers le menton. Attendre les mains chargées de la beauté du monde sans pouvoir en profiter. Une saison presque complète, aussi bien dire toute une vie.

— C'est mieux d'attendre l'été, quand il fait chaud pis que toute la sloche est partie, sinon tu vas trop les maganer.

— Oh non, je veux pas les maganer!

Elle me les a donnés pour que je les place à côté de ses pieds, pour voir ce que ça donnerait quand ses jambes seraient prêtes. Elle avait beaucoup d'imagination, le résultat la comblait.

C'est à ce moment précis que ma mère a ouvert les yeux et replanté sa tête sur son cou. Elle a bâillé un peu, s'est étirée en une série de petits mouvements saccadés qui m'ont fait penser qu'on devait perdre de l'élasticité en vieillissant, et son sourire nous a balayées toutes les deux. Puis les chaussures.

— Oh! les beaux souliers. C'est ceux que tu voulais?

— Oui. C'est ceux-là, oui.

Son bonheur, pour être total, avait attendu l'assentiment de ma mère. Sans les plâtres, elle aurait plané.

— C'est une bonne idée, Hélène.

Elle nous a regardées avec une tendresse pure, comme si elle n'avait tout à coup que ça à faire, sourire à ses enfants, un peu comme ces dames de la noblesse qui ne voyaient les leurs que lorsqu'ils étaient repus, propres, bien mis et qu'ils venaient réciter un petit poème pour montrer à madame leur mère que leur développement se faisait, malgré leur parfaite absence, presque normalement. La machine infernale du quotidien et des soucis reprendrait ses travaux bientôt, je le savais bien, mais je savourais cette petite pause qui mourrait avec le premier regard jeté sur la montre. Elle était si belle quand elle oubliait d'être dure, ma mère. Ce n'était plus qu'une adolescente qui jouait les madames dans un accoutrement qui témoignait du peu de temps et de moyens dont elle disposait pour elle-même. J'avais depuis longtemps compris que maman C'é-Toute, ce n'était pas pour moi, ni pour mes sœurs, mais pour elle, une façon de tenir le coup et de ne pas ramollir ses enfants, une façon de se convaincre qu'elle était dure, alors qu'en réalité c'était tout friable en dedans. Ma mère était une gaufrette.

Quelques instants de bonheur plus tard, l'infirmière est entrée avec un plateau, pour Margot, plein de petits trucs qui m'ont fait envie seulement parce qu'ils étaient emballés et que, ainsi protégés, je leur imaginais des saveurs raffinées. Les yeux de ma mère ont cherché l'horloge sur le mur pendant que j'amorçais mon départ qui, la mémoire me revenant, se présentait comme la meilleure chose à faire dans les circonstances.

— Tu t'en vas, Joe ?

— Ben oui, je vais laisser manger Margot. Pis il faut que j'aille faire chauffer la soupe pour les autres ce midi. Mais vous revenez aujourd'hui, vous autres ?

— Oui, ils veulent vérifier deux trois affaires encore, pour s'assurer que tout est correct, pis après on rentre.

— OK, salut, à tantôt.

— Salut, Joe. Merci des millions de fois. Je les aime vraiment trop, les souliers...

— Tant mieux, sœurette.

Le crime parfait. Je suis sortie de la chambre.

— Hélène ?

— « Merde. » Quoi ?

— Va donc dire bonjour à Roger, il est au deuxième, ça lui ferait plaisir.

— « Ouf ! » OK, oui, je vais y aller.

Quelques pas encore. La porte de sortie se dessinait devant moi, au bout du couloir.

— Hélène ?

— « Quoi encore ! » Quoi ?

— Est-ce que tu vas mieux ?

« *Shit !* »

— Je me demandais si tu prenais une journée complète de maladie ou si t'en avais assez d'une demi-journée ? Je veux savoir quoi dire à la secrétaire de l'école cet après-midi.

— ... euh... non, non, c'est correct,... euh... je vais y aller tantôt.

— OK. À plus tard.

Elle est retournée auprès de Margot sans un mot de plus et je suis restée là quelques minutes, sans bouger, sous le choc. Il n'y avait qu'elle pour tenir si fidèlement la barre et ramer en même temps. Je ne pourrais pas mal finir dans la vie ; même si je m'y essayais très fort, elle ne m'échapperait jamais. C'était la seule grande certitude de ma vie. La plus belle, la seule nécessaire, même si je ne mesurais pas encore tout à fait, à ce moment-là, qu'elle constituait l'assise sur laquelle j'échafauderais tout le reste plus tard. Et ça me donnait envie d'être une bonne fille — ou un bon gars.

Je suis alors redescendue à l'accueil de l'hôpital d'où l'on m'a dirigée vers la boutique de cadeaux qui jouxtait une petite librairie de livres d'occasion. La vieille femme en sarrau n'a pas mis de temps à me dégoter ce que je cherchais. Les pages étaient jaunies et c'était inscrit J. Tétrault 1972 au stylo bleu sur la page de garde, mais j'ai pensé que ça n'avait pas d'importance. J'ai dû un peu négocier le prix du livre, puisque je n'avais sur moi que ce qui me restait de l'argent des souliers. Ensuite, je suis remontée voir Roger.

— Salut.

Roger tapait sur le téléviseur en grognant, pour lui insuffler le goût de s'animer un peu. Je le trouvais blême et amaigri dans sa petite jaquette de coton qui laissait entrevoir le très vieil homme qu'il ne deviendrait jamais si tout se passait comme il le souhaitait.

— Tiens.

— Encore toé… maudite cochonnerie de ferraille de mes deux…

— Tiens.

— C'é quoi ça ?

— Un livre.

— Un cadeau ?

— Mais non, franchement, c'est juste un livre.

— Ah. J'en veux pas, je lis pas.

— Pourquoi?

— Parce que j'haïs ça.

— Pourquoi t'haïs ça?

— T'aurais dû m'amener de la bière, une bonne 'tite bière frette.

— Je le laisse là, tu le donneras à qui tu veux d'abord. Salut.

J'ai fait semblant de partir, le plus lentement possible, pour lui laisser le temps de se raviser. C'était un homme prévisible.

— Ça parle de quoi?

— D'un vieux pêcheur qui est tout seul pis qui pêche un gros poisson.

— Bonyeu, tu veux me faire mourir d'ennui.

— Y fait ça pour montrer qu'il est pas fini.

— Me semble que ça doit pas prendre la tête à Papineau pour pêcher un poisson quand t'es pêcheur.

— Y est ben vieux, le monsieur, pis le poisson est plus gros que son bateau. Y peut même pas le mettre dedans.

— Y pêche ça comment, sachristophe?

— Avec ses mains. Sont toutes maganées quand il arrive à le pogner, le poisson. Pis son dos aussi.

— Y la met où, d'abord, sa baleine?

— C'est pas une baleine, franchement, c'est un espadon.

— Pfft! C'é la même affaire…

— Y l'accroche au bateau avec des cordes, en dehors.

— Paquet de troubles.

— C'est juste comme ça qu'il peut le ramener.

— Y montre ça à qui, le clown ? Y é tout seul au beau milieu de l'océan.

— Ben… au petit gars.

— Quel petit gars ?

— Celui qui pêchait avec lui.

— Y é dans le bateau lui 'si ?

— Non, il a plus le droit d'aller pêcher avec lui…

— Fait que y é tout seul comme un beau cave au milieu de l'océan…

— Ah ! laisse faire.

— Bon, ben je connais l'histoire, j'ai pus besoin de la lire.

— Ça parle de baseball aussi.

— Je connais rien au baseball, j'écoute jamais ça. J'haïs ça, ce maudit sport de pognage de cul-là. Une gang de gros tas en collants qui attendent sur un banc.

— C'est pas grave, tu vas comprendre quand même.

— J'ai pas dit que j'allais le lire.

— OK. Faut que j'y aille.

Je devais surtout lui laisser l'impression que je le croyais.

8

Comme il a fallu combler les trous que l'absence de jambes creusait dans la vie de Margot, je me suis mise à lui raconter des histoires. Ma préférée, celle de Lady Oscar, bien sûr, pour qu'elle puisse suivre avec moi la fin de la saison au Canal Famille et qu'elle ne se perde pas dans les reprises qui tourneraient en boucle dans le désordre pendant le début de l'été qu'elle passerait clouée au lit. On en était aux états généraux, dont Oscar devait assurer la bonne marche en sa qualité de colonel des gardes françaises, mais je ne comprenais pas ce qui se passait ni ne soupçonnais la tempête qui s'annonçait. Je devinais un peu qu'elle allait mourir, bien sûr, puisqu'elle crachait à présent du sang et que ma mère m'avait brièvement expliqué que « ça ne va pas bien pantoute dans ce temps-là ». Surtout à une époque où on comptait encore beaucoup sur un dieu sans véritables compétences en médecine pour pallier l'absence de médicaments et de traitements.

— Ça veut dire qu'elle se met jamais en robe ?

— Non.

— Pis elle met jamais de talons hauts ?

— Non, jamais.

Elle me le demandait sans arrêt. C'était, pour elle, tout simplement cruel et inconcevable.

— Sauf une fois, pour aller au bal voir le gars qu'elle aime. Elle voulait danser avec lui.

— Oh wow!

— Tu sais quoi?

— Non.

— Personne l'a reconnue.

— Pfft!

— Quoi, c'est vrai!

Jeanne ne manquait jamais de se trouver dans l'angle d'un mur pour venir inoculer un peu de désillusion dans nos rêves et nos fantasmes d'enfants.

— C'était un bal masqué, coudonc?

— Ben non, c'était la première fois qu'elle mettait une robe, personne savait de quoi elle avait l'air avec une robe.

— Franchement, tu fais semblant d'être conne ou c'est pas de ta faute? Mets une robe demain pour aller à l'école pis tu vas voir, personne va venir te demander ton nom.

— C'était pas pareil dans le temps.

— Ben non, c'est vrai, le monde était aveugle.

— Elle avait remonté ses cheveux, mis des boucles d'oreilles pis du maquillage.

— Ouuuuuu, méchante transformation. Je vais faire attention si jamais je décide de me faire une tresse la même journée que je mets des nouvelles boucles d'oreilles, le monde me reconnaîtra plus.

Ma sœur se réfugiait dans l'ironie et le sarcasme, qui étaient davantage chez elle des formes de désespoir que de l'humour. En fait, elle ne tenait pas tant à griffer la patine des perspectives un peu idéalisées qu'on se faisait de la vie adulte, qu'à exprimer sa propre déception face aux mirages qu'elle flairait un peu partout.

— Laisse-la faire, écoute-la pas. C'est une vraie histoire, tu vas voir, c'est écrit dans les pages à la fin du dictionnaire.

— Ah oui ?

— Oui, regarde.

Et je lui parlais de Marie-Antoinette, de Robespierre, de La Fayette, du château de Versailles qui avait dû, en son temps, accueillir toutes les plus belles femmes de la France habillées de robes extraordinaires.

— Avec aussi des souliers…

— Ben oui, avec des super beaux souliers à talons hauts qui allaient avec les robes pis les bijoux.

— Y avait des brillants dessus, les souliers ?

— Ben oui, les gens en avaient sur leurs souliers, comme les tiens, ils en mettaient partout, sur leurs vête-ments, dans leurs cheveux…

On s'occupait aussi de lui faire l'école, à tour de rôle, pour décharger un peu ma mère et parce que c'était sti-mulant d'avoir un véritable sujet, pour une fois — et non des poupées ligotées sur des chaises —, à qui dispenser de vraies leçons qui seraient éventuellement les objets de tout aussi véritables examens. L'enthousiasme avec lequel nous nous sommes acquittées de cette tâche a été si grand et l'in-térêt de Margot si contraire à l'indolence qu'elle affichait habituellement pour tout ce qui touchait à l'école, qu'elle s'est retrouvée fin prête à passer les examens un mois avant la fin de l'année scolaire. Nous nous étions métamorpho-sées en une hydre effroyablement efficace.

La petite marche de santé que s'est offerte Roger pour revenir de l'hôpital lui a permis de faire un arrêt chez Papillon pour s'approvisionner avant de reprendre son attente de la fin sur son trône. Je m'y trouvais pour acheter une boîte de maïs en crème pour le pâté chinois du mardi qui, sans cela, ne se serait présenté qu'en deux couleurs : blanc purée de pommes de terre et brun-gris steak haché sans saveur. C'est que ma mère ne s'embarrassait jamais d'avoir sous la main tous les ingrédients nécessaires à une recette, même quand celle-ci n'en requérait que trois, même si elle savait depuis des années qu'elle allait ce jour-là, comme tous les mardis de sa vie, cuisiner un pâté chinois. C'est donc de notre propre initiative que nous veillions à la disponibilité de cet ingrédient qui venait ajouter un peu de velours et de couleur à ce plat typique qu'une grande lampée de ketchup achèverait de relever.

Marie-Madeleine s'y trouvait également, claquemurée dans un étrange silence, sans pleurer ni rien. Stupéfaite, elle restait là, coincée entre la terreur et l'incompréhension, devant Papillon qui la suppliait doucement d'être raisonnable et d'aller faire un tour pour se changer les idées. C'est sur ces paroles qu'est entré Roger.

— Hé ! hé ! Salut Roger, comment ça va ?

— Maudit Saint-Chrême, si tu vends encore de la bière, ça va.

— Tu nous as fait peur, Roger, on a pensé que c'était fini quand on t'a vu partir de même.

— Fais-toé-z-en pas, j'ai la quincaillerie qui veut pas lâcher, y en manque encore un p'tit boutte.

— Bon, tant mieux.

— Qu'est-ce qui se passe avec Jacinthe ?

Je ne savais même pas que Marie-Madeleine avait un autre nom, un vrai. Ça lui donnait un autre visage, ce nom de baptistaire qui venait se superposer à son image de pleureuse. Jacinthe, ça n'avait plus rien à voir avec cette pauvre folle oubliée en orbite autour du dépanneur.

— Bah ! A veut pas s'en aller. Ça fait une heure qu'est là, à attendre que je change d'idée. A dit pas un mot.

— Changer d'idée pourquoi ?

— L'infirmière du CLSC est venue…

— Ouin ?

— Pis a veut plus que j'y vende du café toute la journée parce que ça la rend malade.

— Qu'est-ce que tu racontes là, toé ?

— Ç'aurait l'air que ça l'énerve ben gros, vu qu'a en boit trop, pis que des fois ça la fait vomir. Y aurait aussi qu'a dort pas bien à cause de ça.

— Tu me niaises-tu, toé là ?

— Ça empêche de dormir, le café… C'est une nouvelle infirmière qui s'occupe d'elle, l'autre est partie travailler ailleurs. C'est tout le temps de même, tu le sais bien. Est venue me voir pour me demander comment ça allait avec elle, vu que l'autre lui avait dit qu'a venait souvent ici. Je lui ai dit qu'elle était pas de trouble, qu'a faisait de mal à personne.

— Ouin ?

— C'est là qu'elle m'a parlé du café. Était *boguée* là-dessus. Fait que je lui ai dit, sans penser à mal, qu'a buvait pas mal de café, pis qu'a marchait beaucoup, comme on lui a dit de faire. Je pensais qu'a serait rassurée, qu'a dirait ben coudonc, tout va bien. Mais non, a l'a pas vraiment aimé ça.

— Calvaire…

— Elle m'a raconté toutes sortes d'affaires pour finir par me dire que je pouvais pas y vendre plus que cinq cafés par jour. J'ai eu beau y montrer que je faisais toujours des petits verres pas forts, vu qu'a boit le perco quasiment à elle toute seule, mais ça l'a pas fait changer d'idée. Je lui ai dit aussi que j'y demandais juste dix cents par café pour pas qu'a passe tout son chèque là-dessus, mais c'était pas ça l'affaire. A m'a dit « cinq cafés », la main en l'air, les doigts écartés de même, en me regardant avec des gros yeux.

— Pis là tu y as dit que tu t'en foutais, pis que tu continuerais d'y en vendre comme avant.

— J'ai commencé par y dire quèque chose dans le genre, pas tout à fait dans ces mots-là, mais c'est ce que ça voulait dire, mais là a m'a fermé le clapet assez vite parce qu'a m'a dit qu'a mettrait ça dans son rapport, l'affaire des cinq cafés, pis que si Jacinthe finissait par avoir des problèmes de santé, ça pourrait être de ma faute.

— C'é de la crisse de marde, ça, voyons… j'ai mon ostie de voyage…. du maudit chantage de marde…

Roger s'est mis à taper sur le comptoir où les pots de jujubes en verre, impressionnés par les secousses, glissaient dangereusement vers le bord pour faire le grand saut.

— Prends pas ça de même, Roger, peut-être au fond que c'est vrai que c'est pas une bonne idée de la laisser boire autant de café…

— C'é tout ce qu'elle a, le café. 'Est toute seule au monde, pas de famille, pas un crisse d'ami, parsonne, pis est folle, Sainte-Viarge, mauditement folle. Regarde-là, a m'entend même pas, a comprend pas que tu veux pus y vendre du café. Pis a comprendra pas, même si tu y expliques cent fois. T'as-tu déjà jasé avec, toé ?

— Euh…

— Ben non, crisse, a jase avec parsonne, est pus là, ça fait longtemps qu'est pus là, a barbotte icitte en attendant de crever. La seule affaire qu'a fait dans 'vie, c'é boire du café, pis boire encore du café pour oublier qu'a l'a rien d'autre à faire que de boire du café. On y donne tellement de pilules pour y geler le cerveau qu'a se rappelle même pus qu'a vient de boire un café quand a revient s'en chercher un autre. Bande de caves! Y laissent crever le monde tout seul dans des trous à rats de merde pour sauver de l'argent, pis après y viennent s'inquiéter qu'y vomissent du café, calvaire! Qu'a vomisse, ostie, a pourra jamais être plus morte qu'a l'est déjà.

Il s'en est fallu de peu pour que Roger ne nous fasse cette fois une vraie crise de quelque chose de grave. Son visage, turgescent, donnait la mesure de la rage que lui inspiraient les nouvelles mesures de réinsertion sociale. Par ses jurons rythmiques, il arrivait à en distiller un peu, à la petite journée.

Tout ce temps-là, mes yeux étaient restés rivés sur Marie-Madeleine qui n'avait ni sourcillé ni fait le moindre petit geste, comme si on parlait d'autre chose que de l'absurdité de son errance insensée. Même sa respiration était demeurée imperceptible, comme celle des policiers à casque de poil qu'on essayait de faire rire quand on allait flâner dans le coin du Manège militaire pendant l'été. C'était une femme au visage complètement fané dont les yeux sans couleur ne s'accrochaient à rien. Des ombres floues dans des flaques d'une gélatine inconsistante. Même ses cheveux de paille séchée avaient renoncé à faire vivre ce visage déserté. Sur son corps, d'une maigreur troublante, étaient greffés des membres racornis qui semblaient impropres à faire des choses, même les plus simples, comme laver de la vaisselle ou décacheter une lettre. Je me demandais ce qui, de ses nombreuses malchances ou de l'ingratitude de son corps, avait eu raison d'elle.

Pendant que la conversation suivait son crescendo naturel, je me suis dirigée vers le comptoir sur lequel, en jouant un peu du coude avec Roger qui l'avait pris à partie faute d'avoir sous la main quelque grand décideur à tapocher, je suis arrivée à déposer ma boîte de maïs en crème. J'ai retraversé le mur de curieux agglutinés autour du prêcheur pour atteindre le percolateur installé sur une petite table posée tout près de la caisse, et me suis versé un petit café, à moitié plein, dans un verre de styromousse. Revenue précautionneusement au comptoir, j'ai fait signe du doigt à monsieur Papillon qui s'est empressé de me faire payer, trop occupé à se défendre pour me contester le droit d'acheter une boîte de maïs et un café. Jacinthe a mécaniquement tendu la main quand je lui ai offert le café. Son visage est resté fermé, absent. Dans le mur qu'elle avait bâti autour d'elle, il n'y avait qu'une minuscule fenêtre de la taille d'un verre à café. Tout le reste était trop petit, trop gros.

Nous sommes sorties ensemble, elle et moi, elle et son café. Elle s'est nerveusement trempé les lèvres dans le liquide brunâtre avant de se replier dans ses ténèbres et de reprendre sa marche sans fin.

Ce n'est que quelques jours plus tard que j'ai eu vent de la petite révolution que mon geste avait mise en marche. On avait ébruité l'affaire pour que, désormais, l'interdiction de vendre du café à Marie-Madeleine soit détournée par tous ceux qui voudraient bien se prêter au jeu : Papillon lui vendrait cinq cafés et les membres de la Communauté

— que nous formions tout à coup, à notre très grande surprise —, par convention tacite, se relayeraient pour lui offrir les autres. Ce ne serait jamais que des petites gâteries légitimes. Personne ne serait à blâmer.

L'infirmière a soufflé bruyamment quand elle a pris conscience qu'elle ne parviendrait pas à contrôler tant de monde. Elle est repartie en faisant mine d'avoir été obéie, l'esprit occupé par les mille autres patients à visiter, ce qui nous a fait penser qu'elle avait peut-être plus d'aptitudes pour sa profession qu'on ne l'avait d'abord cru. La force de la mobilisation qu'on venait tout juste de découvrir s'en est malgré tout tenue à cette petite démonstration. Elle est morte, emportée par l'oubli, comme le reste.

Marie-Madeleine a survécu encore longtemps à sa surdose quotidienne de café, mais elle a succombé, quelques années plus tard, à la mauvaise prise de ses médicaments.

Ma situation au bingo aurait pu s'améliorer quand la serveuse de la rangée deux a abandonné son poste. Comme elle n'avait pas averti Madame Deslauriers de son départ, celle-ci s'est contentée, les deux premières semaines, de répartir les tables de sa section entre les serveuses déjà en poste. J'ai ainsi pu éprouver encore davantage ma mémoire qui arrivait étrangement à se recréer une structure dans l'organisation chaotique de la salle. Je réactivais le mode Cinthia, pour les nouvelles tables bondées d'anonymes, que j'utilisais conjointement avec mon système pour les clients de ma propre rangée. Finalement, comme la serveuse n'était toujours pas de retour, la troisième semaine, Madame Deslauriers en a déduit qu'elle ne reviendrait plus, et c'est Cinthia qui a hérité de la rangée deux. J'aurais pu prendre la troisième, mais je l'ai laissée à la petite nouvelle. Ce n'était pas par pitié, mais mes clientes, plutôt superstitieuses, voyaient en ce genre de réorganisation un dérèglement pouvant affecter leur chance. Je n'allais pas les jeter dans les abîmes de l'angoisse pour quelques pas de plus à faire. J'étais d'ailleurs devenue si rapide que même l'ascenseur, prisonnier de la programmation de ses rouages, n'allait plus assez vite pour moi. Je lui préférais désormais les escaliers que je dévalais au pas de course, le cabaret adroitement juché sur mes doigts devenus d'agiles équilibristes. Il m'arrivait même de m'ennuyer un peu, quand le gros lot tardait à être remporté et que toute l'attention quittait les ventres et les cendriers pour les cartes qui devenaient des cahiers de doléances ; tout le monde réclamait sa part de justice, son droit de se défaire du mauvais sort qui le poussait à attendre un peu de bonheur dans une salle de bingo. À la fin de la soirée, je ne m'occupais plus que des lavabos, Madame Deslauriers exigeant que ce soit moi et personne d'autre qui les lave. Elle était convaincue qu'ils étaient plus propres par mes soins et qu'ils le demeuraient plus longtemps. J'étais devenue le saucier de la place. Tout marchait rondement et les sous s'accumulaient dans ma belle boîte carrée.

Ce qui se solidifiait, d'une part, s'effritait, d'autre part. Le besoin qu'avait mon père de se fuir devenait chaque jour, et à une vitesse effarante, plus grand, plus nécessaire. Il s'installait à table avec nous, comme il l'avait toujours fait, pour discuter de la journée et de la vie en général, mais il était de plus en plus rare qu'il mange avec nous. Ainsi l'heure de l'apéro s'étirait souvent jusqu'à tard dans la soirée où, se rappelant vaguement qu'il devait se nourrir, il se préparait une assiette de biscuits soda garnis de beurre ou de fromage qui le contentaient parfaitement, sans jamais le sustenter. Les prétextes pour éviter qu'on lui serve de la nourriture se multipliaient, il fallait toujours se détendre un peu plus ou corriger encore quelques copies, jusqu'au moment où ces petites collations peu nutritives furent, à peu de choses près, tout ce qu'il avalait dans une journée.

Vers la fin de l'année scolaire, cette année-là, il a reçu du comité social de la polyvalente où il enseignait une belle grosse boîte de chocolats fourrés de toutes sortes de crèmes exotiques pour souligner ses premiers quinze ans de carrière. Ceux qui se dévouaient depuis un quart de siècle avaient été récompensés d'un stylo plaqué or qui faisait banquier très important. Ceux qui les ont reçus se sont aussitôt mis à la tâche de réfléchir au moment où il conviendrait de les utiliser.

Mon père s'est empressé de ranger sa belle boîte, affirmant qu'il serait préférable d'attendre un moment spécial pour la sortir. Le bel emballage doré s'est alors assombri, couvert par la menace de l'attente éternelle. Noël, quand l'été s'installe à peine, n'est jamais bien loin de la fin des temps. Mais les soirées de mon père, surtout après les biscuits soda, pouvaient se transformer en événement spécial. De plus en plus.

On aurait probablement dû se méfier de cet élan de bonheur qui l'a poussé à sortir la précieuse boîte le jour même où il l'a reçue. Mais devant la boîte, justement, nous n'étions que des enfants devant une boîte. De chocolats.

— J'aurais le goût d'une petite bouchée de sucré. Pas vous autres ?

Nous autres, c'était Jeanne et moi, les autres dormaient depuis un moment à poings fermés, terrassées par les jeux et le quotidien. Il a atteint le corridor en titubant, nous a fait un clin d'œil avant d'entrer en marchant à tâtons dans la chambre noire. Quand il a reparu au salon, il ne restait plus rien de l'homme angoissé. C'était les vacances. Il a ouvert la boîte en tremblant et a feuilleté soigneusement le livret où chaque œuvre d'art était désignée par une tournure poétique. Je me suis laissée tenter par une papillote d'éclisses caramélisées à l'orange qui ne goûtaient ni le caramel ni l'orange. Ma sœur a fait son choix sans consulter le livret des bijoux gourmands, plus rassurée par les formes que par les saveurs ; elle y est allée d'un classique carré brun peu déconcertant aux entrailles tout aussi brunes. Mon père a voulu s'en prendre à une pièce à la noix de coco, mais sa main a vraisemblablement perdu le cap à la dernière seconde : la mine renfrognée, il a rapidement recraché un truc d'une couleur incertaine. C'est donc pour effacer le goût du savon aux fraises qu'il a refait une tournée. Après une bonne rasade d'un alcool capable d'en brûler les derniers relents. J'ai ensuite pêché un baluchon à la poire céleste. Ma sœur, un autre rectangle suprêmement ennuyant dont on n'a pas su le nom : brun foncé sur intérieur brun foncé. Le morceau à la noix de coco demeurait introuvable. Alors on a replongé en riant, gavés de sucre et de saveurs artificielles.

Quelque vingt minutes plus tard, il ne restait plus que quatre ou cinq morceaux. Nous avons soudainement eu une pensée pour celles qui n'étaient pas conscientes que le sort de la boîte merveilleuse était en train de se jouer, définitivement. Mon père a tant bien que mal replacé le couvercle cartonné avant de reprendre le chemin de la chambre, à petits pas hésitants de portées inégales qui faisaient sursauter tout son corps quand ses pieds touchaient le sol. Comme s'il était surpris, chaque fois, par sa proximité. Au sommet, ébranlée par les secousses arythmiques que subissait son corps, sa tête a fini par perdre la cadence et a entrepris un plongeon vertigineux, complètement gâché par le chambranle de la porte. Le choc l'a d'abord fait pivoter, puis reculer de deux pas, ce qui l'a entraîné à l'intérieur de la chambre où il a encore fait demi-tour avant de s'écraser. Son corps formait, avec la base du lit, une paire de droites parfaitement parallèles. Ma mère aurait dû se réveiller. Mon père aurait dû hurler. Mais aucun son n'est sorti du trou noir de la pièce. À pas feutrés, nous nous sommes approchées du corps, intimidées par l'absence de vie. La boîte gisait à ses côtés, intacte, comme déposée là avec soin.

— Tu penses-tu qu'il est mort?

— Ben là, franchement, il est juste tombé sur le dos.

— Mais il bouge pas.

— Il dort.

— Pourquoi?

— Parce qu'il est trop soûl.

— Trop soûl?

— Ben oui. Viens-t'en.

— Aide-moi, on va le réveiller.

— Ben non, on le laisse là.

— Franchement, on peut pas le laisser là.

— Pourquoi pas?

— Il peut pas dormir à terre de même…

— Pourquoi pas? Le monde en Afrique dort à terre, sur rien, personne en meurt. Lui, y a du tapis.

— C'est qui, qui dort à terre en Afrique ?

— Ah ! laisse faire. Tu connais rien.

— On y met-tu au moins une petite couverte ?

— Eh que t'es niaiseuse. Réfléchis deux minutes.

J'ai eu beau essayer, je ne savais même pas à quoi j'aurais pu réfléchir. Mes idées se perdaient entre le tapis, la couverture, le corps qui gisait, la boîte de chocolats pratiquement vide et les terribles yeux de ma sœur qui m'intimait l'ordre de penser. Et je ne voyais pas. Ça ne me venait pas. Pourtant, une petite couverture…

— Ramasse la boîte, pis va la porter sur la tablette, à la même place que tantôt.

— Pourquoi ?

— Arrête de poser des questions, tu m'énerves. Fais ce que je te dis, c'é toute. Ramasse la boîte, mets-la là, pis va te coucher !

J'ai obéi sans y penser et je me suis réfugiée dans mon lit tout habillée. La tête enfouie sous les couvertures, je me suis mise à hoqueter bruyamment tant je faisais d'efforts pour ne pas pleurer. La sécheresse de Jeanne me surprendrait toujours. Je l'enviais, au fond. Ce trait de sa personnalité s'accordait tellement mieux avec l'image que je me faisais de l'homme que je souhaitais être. Moi, j'étais une fillette sensible au cœur mou. Dans ma tête, j'étais parfois pourtant si brave, si forte. Mais les scénarios que je me jouais ne concernaient jamais mon père, ni ses faiblesses.

— Arrête de brailler, m'a-t-elle dit dans le noir, d'une voix presque douce.

— Laisse-moi tranquille.

— Tantôt…

— Laisse-moi tranquille !

— … tantôt papa va se réveiller, parce qu'il va avoir froid probablement, ou parce qu'il va être trop mal, ou parce qu'il va avoir envie, je sais pas. Là, il va se lever, pis il va aller se recoucher dans son lit. Demain, il se souviendra plus de rien. La boîte va être à la même place, il l'ouvrira pas avant longtemps, tout va être correct.

Elle s'est arrêtée là, sans préciser ce qui arriverait une fois le « longtemps » passé. Je l'ai entendue se retourner dans son lit. Son ton cassant, qui collait à sa voix comme une peau, s'était assoupli. Il y avait eu, dans sa façon de prononcer les mots et de les envelopper de calme, une forme de sagesse un peu troublante. C'était comme une litanie. J'ai regardé un moment son dos que la lumière du four restée allumée dans la cuisine découpait sur le mur. Décidément, je ne serais jamais aussi intelligente qu'elle, il me manquerait toujours cette part de détachement nécessaire à la réflexion. Mon esprit, je le sentais déjà et la chose s'est maintes fois vérifiée depuis, ne serait jamais qu'une bête indomptable, sans cesse exaltée devant les plus petits frétillements de la vie. Je ne pourrais jamais vraiment, moi, réfléchir. Je me noierais sans cesse dans mes propres passions sans jamais apprendre à m'en défaire. Nous étions les deux parties d'un même cerveau malheureusement utilisé par des corps différents.

Quand elle a été endormie, je suis allée regarder la petite. Les ronflements réguliers et puissants qui venaient de la chambre de mes parents, au bout du corridor, me confirmaient que personne n'était mort là-bas. Je n'avais ni le besoin ni le goût d'y retourner, je ne voulais surtout pas, par ma présence, bouleverser l'heureuse fin de l'histoire. Ses petites mains tordues comme pour danser s'étaient arrêtées en plein vol, figées par le sommeil. Sa bouche, entrouverte, laissait passer un petit filet d'air incapable de soulever son corps. Je ne voulais pas la réveiller, surtout pas, mais je ne me résignais pas à m'en aller. Alors je me suis couchée par terre, sur le sol dur, comme en Afrique, et j'ai sombré à mon tour, loin des papas soûls et de la sagesse des grandes sœurs, la tête pleine de ce minuscule petit visage de fée.

Ce que Jeanne n'avait pu prévoir, étant donné la discipline légendaire avec laquelle mon père gérait son travail comme ses envies, c'est qu'il a décidé, trop peu de temps après, d'ouvrir à nouveau la boîte pour s'offrir un petit truc capable de relancer la fadeur du biscuit soda. Évidemment, il a été un peu surpris de ne pas la trouver dans l'état où on la lui avait offerte. Il s'en est aussitôt ouvert à ma mère qui a été tout aussi choquée que lui d'apprendre que l'une de ses filles — qui d'autre sinon? — avait fait tomber tous les principes de respect, fort bien établis dans cette maison, par une outrageante gourmandise. Le conseil de famille s'est tout de suite organisé. Margot et Catherine ont été blanchies d'emblée de toute accusation, l'une et l'autre n'ayant pas les jambes pour atteindre la tablette, ni assez de temps libre sans surveillance parentale pour s'être adonnées à un tel pillage. C'est donc Jeanne et moi qui avons été appelées à la barre.

Une fois dans la cuisine, nous avons été invitées à nous asseoir, à notre place habituelle. Mon père a pris place au bout de la table, comme toujours, les circonstances particulières de l'entretien qui se préparait ne méritant pas que l'on ajoute au désordre qui s'était insidieusement invité chez nous, celui de l'improvisation des places. Les autres essayaient de se faire oublier dans le salon. Il s'est allumé une cigarette, a inspiré, expiré longuement, deux ou trois fois. Sans se presser. Il a ensuite déposé sa cigarette dans le cendrier, en équilibre sur le cran prévu à cet effet. La tension montait, j'avais les mains moites. Jeanne devait faire des calculs ou quelque chose de très prenant pour conjurer les affres de l'attente. Nous n'avions aucune idée de ce dont il serait question, mais la cérémonie prenait une allure inquiétante.

— Bon. Les filles, j'ai une question à vous poser. Mais peut-être… j'espère, en fait… qu'elle n'est pas nécessaire.

Il s'est arrêté, comme je venais d'arrêter de respirer, pour reprendre sa cigarette, en tirer quelques soupçons de mort et la reposer, très calmement. Pour attendre. Et souhaiter que sa question, à peine esquissée, se transforme en aveu.

— Je tiens à dire que je ne suis pas fâché, mais très déçu.

Coup de poignard. La déception, la pire de toutes les émotions qu'un père peut éprouver à l'égard de ses enfants. Celle qui dit « j'ai eu tort de penser tout un tas de belles choses de toi ». C'est l'émotion miroir qui nous confronte à un nous enlaidi, déformé : on se croyait beau, on ne l'est plus, on ne l'a peut-être même jamais été. Et la déception n'engendre pas, comme la colère, quelqu'un qui crie, qui frappe, qui serre les dents pour se braquer et se défendre ; on est laissé à soi, forcé de s'inventer une façon de réagir, qui n'est jamais qu'une façon de se détester un peu.

— J'aurais aimé que ça vienne de l'une de vous, mais bon.

Le temps a filé quelques siècles et mon père s'est décidé à mettre la boîte de chocolats sur la table.

— J'aimerais savoir ce qui s'est passé, les filles.

Je ne comprenais rien, ni à ça ni aux ongles de Jeanne qui s'enfonçaient dans ma cuisse.

— J'attends.

— Mais c'est parce que…

Le tissu de mon pantalon de coton cousu précairement a percé sous la pression du majeur de ma sœur. Ça devait vouloir dire de réfléchir deux minutes, ou quelque chose comme ça. De façon assez pressante. Mon père a alors retiré le couvercle de carton rigide et nous a montré l'intérieur de la boîte en l'inclinant de soixante degrés, comme le faisaient les Barbies de l'émission *The Price Is Right* quand elles avaient à présenter quelque chose de petit. Il n'y avait, tout au plus, que quatre ou cinq alvéoles d'occupées. Aussi bien dire qu'elle était vide. Une fois la boîte reposée à plat sur la table, il a attrapé le moignon de cigarette qui agonisait dans le cendrier et l'a achevé par la pression du pouce.

— J'aimerais ça, comprendre. Ça ne vous ressemble pas, Jeanne, Hélène.

Son regard s'est mêlé au nôtre et l'attente a repris, plus lourde et plus grave. Il jetait un œil à la nouvelle cigarette qu'il venait d'allumer, revenait à nous doucement, comme s'il avait toute la vie devant lui. Il ne s'abaisserait pas à lever le ton, ni à menacer. Compulsivement, ses mains parcouraient les objets pour les forcer à plus de discipline encore que ce à quoi ils obéissaient déjà. Je me taisais, pour le moment, en attendant que mon cerveau fasse les connections nécessaires. Jeanne trouverait avant moi, je me forçais à moitié.

Après un long moment, et comme personne ne parlait, j'ai eu l'impression qu'il se passait quelque chose. Son assurance semblait s'amenuiser. Des traits profonds sont apparus sur son front et le va-et-vient de son regard s'est accéléré, s'éparpillant sur les objets autour. Ses pupilles se sont dilatées pour laisser entrer plus de lumière, comme si sa tête venait tout à coup de plonger dans la nuit. Le doute peut-être, une étincelle de. Sa capacité de douter était d'ailleurs l'une de ses belles qualités. J'ai alors eu très peur. Tout serait correct, avait dit Jeanne, s'il oubliait. Seulement si. Elle était devenue nerveuse, elle aussi, je le voyais à ses mains qui libéraient ses doigts un à un comme des ressorts tendus avant de les rappeler et de recommencer frénétiquement. C'était trop rapide pour des secondes, je n'arrivais pas à comprendre ce qu'elle comptait. Je me suis mise à penser à Oscar qui trouvait toujours ce qu'il fallait faire pour que tout soit correct, justement. Quand ça se corsait, elle pouvait offrir sa vie, elle, ce qui faisait toujours son effet. Mais on n'offre pas sa vie pour racheter une boîte de chocolats mangés en toute légalité. Mon père s'est raclé la gorge. Il ne fallait pas lui laisser prendre le chemin de la réminiscence. Trouver quelque chose, vite.

— Bon…

— J'étais curieuse. J'ai voulu juste aller voir, pis finalement…

— Oui…

— … ben, c'est ça.

— Je t'écoute, Hélène.

— Ben, ç'avait l'air trop bon. J'en ai pris.

— Toute la boîte ?

— Ben…

— Moi aussi.

— Jeanne…

— C'est ça, j'en ai mangé, moi aussi. Quand j'ai vu qu'elle avait ouvert la boîte, j'étais jalouse, fait que je suis venue moi aussi. C'est ça.

— Je ne comprends pas, a-t-il fait d'une voix molle qui fondait sous la brûlure de la déception.

— Il en reste un peu, quand même.

— Hélène…

— Ben… quoi… c'est vrai.

— Ce serait la même chose si vous en aviez pris chacune un seul morceau.

— C'était trop bon.

— Ah ! oui, a fait Jeanne sans conviction, c'était vraiment très bon.

Nous n'avons plus rien ajouté. Il y avait là assez de chair pour qu'il puisse nous broder un long discours moralisateur sur des thèmes choisis qui n'aborderaient évidemment pas la question des chocolats manquants — ils comptaient pour du beurre dans l'histoire —, mais celle des principes et autres concepts liés au respect que, dans un geste qu'il questionnerait toujours, on avait horriblement bafoués. Mon père devait être conscient des petites tortures que constituaient ses discours d'une longueur castroïque, et d'une douloureuse lenteur, car il n'ajoutait jamais de sanction à la violence de l'ennui qu'il infligeait ainsi.

Le doute s'était envolé. Tout était correct.

Une fois dans notre chambre, nous nous sommes jetées chacune dans notre lit, complètement vidées d'avoir mis tant d'efforts à être de mauvaises enfants. Je ne pouvais plus penser à rien, j'étais déçue, moi aussi. Dans la tête de mon petit papa tout frêle, qui avait tant besoin de placer un filtre entre lui et le monde, un monde pourtant pas si dur, il me semblait, il y avait tout de même un vieil homme qui devait rêver au grand Di Maggio. Ma sœur avait repris son cube Rubik, seulement pour tenir quelque chose, pour occuper ses doigts qui parlaient pour elle, mieux qu'elle, en fait, je le découvrais. Elle a inspiré profondément et m'a lancé une petite phrase qui a su gommer, pendant un fugitif moment, toutes mes peines.

— Tu vois que t'es capable.

Le lendemain, j'ai enfourché mon superbe cheval blanc et je suis descendue dans la paroisse voisine, celle de tous les dangers, pour faire quelques tours dans la forêt et autour de l'étang du domaine Maizerets, cette bonne vieille flaque d'eau ratatinée capable d'évoquer des temps immémoriaux. J'avais besoin d'époque et d'air frais. En faisant abstraction des grincements de la chaîne de mon destrier et des petits panneaux explicatifs laminés qui racontaient en détail la faune et la flore du coin, j'arrivais facilement à me transporter dans la campagne qu'Oscar aimait tant parcourir, cheveux au vent. Les quelques libellules qui en fendaient le magma se guerroyaient les moustiques englués dans l'absence de vent qui ralentissait tout. Peut-être que rien n'avait bougé depuis des siècles, au fond. Les cailloux que j'envoyais valser au fond de l'eau étaient peut-être les mêmes qu'avait un jour foulés Oscar — l'outre-mer était à cette époque un détail qui embarrassait peu ma conception géographique du monde. Je me suis donc enfermée dans cette bulle en suspension temporelle pour me tailler une tranche de vie dans la bonne époque, celle où j'aurais dû naître, à dos de cheval.

Au retour, la tête remplie d'un XVIIIe siècle quelque peu enluminé, je me suis arrêtée au centre commercial, à la petite chocolaterie où je n'avais encore jamais mis les pieds. J'avais emporté beaucoup d'argent, une grosse poignée de dollars, dans l'espoir d'y trouver une boîte semblable à l'autre, celle de Troie. Étrangement, la vue de ces mers de chocolats cordés comme des légions romaines dans des plateaux d'argent ne m'a pas fait chavirer. Je les ai trouvés en vérité peu alléchants, de formes et de couleurs banales, pleins de fioritures qui ne m'impressionnaient plus, car en bouche, je savais désormais qu'ils ne tenaient pas toujours leurs promesses. Je suis tout de même parvenue à choisir une boîte après que la vendeuse m'a assurée qu'elle contenait un carnet présentant les bouchées avec des mots compliqués. Je tenais à ce que le plaisir soit le même pour celles qui n'y avaient pas goûté et pour celui qui n'en gardait pas le souvenir.

À la maison, je me suis jetée sur mon assiette de nouilles aux œufs avec boulettes. Le grand air me siphonnait toujours. J'aurais dû m'empresser de remettre la boîte à mon père, de dire « voilà papa, je me repens comme je peux », mais l'enthousiasme qui m'avait conduite jusqu'à la chocolaterie s'était envolé. Un peu de lui-même, il faut dire, car mon héroïsme n'était jamais aussi gonflé à bloc que lorsqu'il se déployait dans ma tête, et un peu parce que j'avais tardé et que, l'heure de l'apéro avançant, la surprise risquait d'être diluée.

J'ai remercié ma mère de ne pas m'avoir envoyée sous la table, d'où je n'aurais pu atteindre mon assiette, et je me suis sauvée au bingo par le chemin numéro trois, le plus court, le plus sportif, le plus susceptible de s'accorder à ma fougue du moment. La boîte dormirait un peu, rien ne pressait.

L'annonceur a fait peu d'heureux ce soir-là, le gros lot a mis bien du temps à être remporté. Les déceptions ont été nombreuses, mais on a bu, mangé et fumé abondamment pour nourrir la chance. De plus, Madame Painchaud, la vieille Cracheuse, bien connue des concierges pour les fourmilières d'écailles de graines de tournesol qu'elle empilait à ses pieds, a choisi ce soir infructueux pour se taper un petit infarctus et grignoter encore un peu de temps de jeu à tout le monde. Ce qui a beaucoup fait jaser autour d'elle. C'était peut-être le sel poudreux de toutes ces graines qu'elle suçait qui s'était déposé en petits agglomérats dans son engrenage, ou l'hérédité — on mourait jeune dans sa famille —, ou le destin, tout simplement, cet éternel quêteux qui force la main quand on ne donne pas de bonne grâce. J'étais à l'étage quand sa patate a éclaté. Quand j'ai pénétré dans le gymnase, les ambulanciers s'amenaient déjà, courant comme des gardes du corps présidentiels à côté de la civière. Le balafré. Il était là, bien sûr. C'était son secteur, et mon destin de le croiser partout. J'ai abandonné mon cabaret sur une table et j'ai emboîté le pas du troupeau qui tenait à figurer dans le décor du drame. Tous ses gestes étaient précis, assurés comme s'il avait mille fois répété cette scène. Ses mains connaissaient la mort, pouvaient la sentir, conversaient avec le corps malade qui lui révélait ses maux. Ses yeux balayaient la foule qui obéissait à ses ordres silencieux selon le mouvement fluide du banc de poissons. Quand il levait le bras, elle s'ouvrait comme la mer Morte ; dès qu'il revenait sur la victime, elle se refermait sur lui, parfaite compagne de danse. Il a fait toutes sortes de manœuvres que j'ai entrevues entre deux têtes bigoudinées et s'est sauvé dans une fanfare impressionnante d'exclamations qui ont laissé filtrer quelques commentaires assommants de vérité : « C'est donc de valeur, jeune de même », « On sait jamais quand c'est notre tour, faut profiter de la vie », « Encore tantôt, a pétait le feu », « C'est toujours les meilleurs qui partent en premier », « A va être ben mieux de même », « Au moins a l'aura pas souffert », « Est partie en faisant ce qu'elle aimait », « T'imagines-tu, ses cartes étaient pleines », etc. Le balafré poussait la civière en parlant d'une voix forte et saccadée dans l'émetteur sanglé sur son corps. Il était beau, fort, courageux, professionnel, humain. Jeanne m'avait raconté n'importe quoi, les héros existaient. Ils étaient sublimes. Et il y en avait un taillé juste pour moi qui venait de rebondir dans mon histoire.

Je les ai suivis en courant jusqu'à l'extérieur. Les autres avaient repris leur place, qui devant ses cartes, qui sous son cabaret, qui derrière son micro. Il y a des choses qu'on ne peut faire attendre, la vie ne fait pas de quartier, tout le monde venait de le constater. On s'est armé de pinouches et l'annonceur a sérieusement accéléré la criée des numéros à la satisfaction de tous. On voulait avoir son tour de chance, au plus vite. Gagner le gros lot et mourir. Moi, j'allais perdre si je ne faisais rien, jusqu'au prochain coup de faux du moins, peut-être pour toujours.

— Hé !

Il a enfourné Madame Painchaud dans le cul de l'ambulance, s'est retourné en se repliant comme une huître pour y entrer à son tour et m'a saluée d'un pli dans la joue gauche en essayant de relever sa tête. La main qui s'apprêtait à rabattre la porte a lâché prise pour accompagner la joue. Tout pressait.

— Hé !

Fracas métallique jaune. L'ambulance s'est mise à hurler de douleur en s'enfuyant. L'âme de Madame Painchaud flottait au-dessus du véhicule qui fonçait à vive allure, mais elle s'accrochait. À cette vitesse, elle ne tiendrait pas le coup longtemps. Je suis demeurée suspendue à sa fuite un moment, même quand il a été trop loin. Il s'en allait encore. Notre histoire était faite de mouvement. J'aurais pourtant souhaité qu'il reste. Il devenait pour moi ce qu'avait été l'amant de la reine pour Oscar : un trouble-fête qui compliquait mon choix d'être un homme.

Ce même soir, après l'inspection des lavabos, je me suis installée avec Cinthia sur le parvis du centre culturel pour humer l'été qui commençait à traîner un peu partout, de plus en plus tard. Je tenais aussi à me rejouer le départ de l'ambulance pour réentendre le hé ! que l'ambulancier m'avait lancé, comme si cette seule interjection pouvait suffire à entretenir notre amitié jusqu'à notre prochaine rencontre. Mes parents ne s'inquiéteraient pas de ne pas me voir arriver tout de suite, ils commençaient à avoir l'habitude que je flâne après le travail. Et je ne traînais jamais seule, ma témérité de la rue s'étant amenuisée comme peau de chagrin depuis le passage du grand froisseur. J'inspirais la douceur du soir et Cinthia s'époumonait sur sa cigarette en peaufinant son style de dure, ce qui n'avait rien de facile. J'avais emporté la boîte avec moi, dans mon sac à dos, sans trop savoir ce que j'en ferais. Je me suis mise à lui raconter ce qui était arrivé le fameux soir où nous avions mangé le trophée de mon père. Je ne l'ai jamais vue autant rire.

— Pourquoi tu ris de même ?

— Parce que c'est drôle.

— C'est pas drôle pantoute.

— Ben ouiiiii…

Elle se tenait le ventre à deux mains en tapant du pied. Son dernier bout de cigarette est allé rouler sur les marches du perron. Je me suis levée, prête à partir, insultée que l'on se moque si ouvertement d'un des grands drames de ma vie.

— Ah! franchement, capote pas. Ton père se rappelle pus qu'y t'a donné des chocolats quand y était ben soûl. C'é pissant, voyons! Toé, tu dis rien, pis tu vas y en acheter d'autres. C'é drôle certain.

— Ben non…

— Pauvre 'tite fille, t'as « déçu » ton père, ayoille, ça va mal à 'shop.

— Ça paraît que c'est pas toi…

— Ça, c'é vrai, ça paraît…. j'sus pas chanceuse comme toé.

Je l'ai tout de suite crue. Tout était dans le ton, dans sa façon de regarder au loin. J'étais chanceuse, assurément. Pas elle. J'avais compris depuis longtemps qu'elle venait de l'une de ces familles où il faut s'efforcer de croire à l'amour entre deux claques assénées derrière la tête. Il y avait des ténèbres au fond de sa voix, des tempêtes refoulées qui grondaient en sourdine. Tout ça dans une si menue femme-enfant. J'ai essayé de retenir mon esprit, de l'empêcher de se faire des scénarios, de tâter les parois du gouffre. Je n'avais pas très envie de comprendre ce qu'être malchanceuse voulait dire. Alors je me suis mise à rire, pour qu'elle s'y remette elle aussi et qu'on se retrouve toutes les deux à la sortie d'un bingo par un beau mercredi soir d'un été encore hésitant. Ici, seulement ici, avec de beaux dollars fripés en poche qui sentaient la friture. Le voile noir a mis quelques secondes à se dissiper, puis elle est revenue à moi en gloussant de plus belle.

— T'sais, Joe, fais-toé pas des accroires. Y arrêtera jamais de boire. Y disent toujours qui vont arrêter, pis c'é jamais vrai.

— Mon père dit pas ça.

Mon père n'appartenait à aucune masse d'ailleurs, capable de faire ou de ne pas faire des choses. Je me suis laissée tomber à ses côtés et j'ai ouvert mon sac pour en sortir la belle boîte. Ses yeux sont devenus grands comme des grosses billes œil-de-bœuf.

— Tu vas pas l'ouvrir quand même, j'te niaisais, t'sé. Y va être content.

— Non, t'as raison. C'est drôle.

— T'aurais dû la laisser chez vous.

— Enweille, goûte.

— Ferme ça, j'te dis, j'en veux pas.

— Tu devrais goûter, c'est trippant. Regarde : « Voie lactée de myrtilles célestes », c'est la patente ronde avec des graines bizarres dessus, de myrtille probablement. Ça, c'est « Folie-fantasme à la fleur de vanille », la fleur doit être dedans, ou la vanille, en tout cas.

Kevin, le chef des cuisines, un grand adolescent pas tout à fait à l'aise avec ses membres de longueur adulte, est à son tour sorti en se traînant les pieds. Il a joué avec la visière de sa casquette pour justifier son ralentissement et nous a regardées, plus par curiosité que par intérêt. Ça semblait invraisemblable qu'un tel échalas puisse être si redoutable dans une cuisine. C'était surtout difficile de comprendre comment son corps, qui n'arrivait pas encore à coordonner harmonieusement ses bras et ses jambes, pouvait se retrouver partout à la fois, derrière les fours et les friteuses, rapide et efficace. Il travaillait comme un fou sans jamais dire un mot, la bouche fermée, sauf quand les commandes surchargeaient le pic sur lequel on les empalait. Il y allait alors d'un grand « Okéééééé ! » qui raisonnait jusque dans la salle de bain des femmes au fond du couloir et qui poussait les troupes à fond de train. Il s'en tenait à ce cri de guerre très rauque qui disait mieux l'urgence de se mouvoir que toute autre forme de discours.

— Kevin !

— Hum…

— T'en veux-tu ?

— De quessé ?

— Des chocolats.

— OK, *thank you.*

Il s'est approché, a étendu la grande fourche de son bras, a piqué au hasard, sans en demander le nom, un morceau d'une forme irrégulière qu'il s'est mis à mâcher en triturant les courroies de son sac qui pendouillaient le long de son corps.

— C'é bizarre, ça goûte comme genre salé. Hum. Merci. *Bye.*

— Épave chocolatée et embrun de minuit. Ça doit être de l'embrun de mer, si c'est salé.

J'avais lu le mot dans *Le vieil homme.* Il a déboulé quelques marches, sans m'écouter, s'est arrêté net, a fait pivoter sa tête vers nous.

— Je m'en vas par là. Y a-tu quelqu'un qui va par là ?

— Oui, moé !

— J'sus en *bike*, par zemple.

— J'vas m'assire sur la barre.

Ils se sont lovés sur le vélo avant de s'enfuir dans la direction qu'avait indiquée son doigt. Une petite main s'est détachée de l'étrange sculpture qu'ils formaient pour se tenir en équilibre et a levé le pouce. Cinthia en était folle, de ce gars. J'ai suivi encore quelques secondes la silhouette élastique de Kevin qui faisait d'horribles pas de danse en pédalant, puis la nuit n'a fait d'eux qu'une bouchée au coin de la rue.

J'ai mangé à mon tour un morceau, Machin brun fourré au truc mou, brun pâle. J'ai replacé la boîte au fond de mon sac pour une course folle, combinaison deux-trois. Quand j'ai aperçu notre immeuble et, sur son flanc, à contre-jour, le profil du vieux potentat de ruelle en train d'amadouer la mort en sifflant quelques bouteilles, j'ai pu me mettre à marcher normalement. La berge était à portée de bras, je nagerais sans problème jusque-là.

Le taxi est passé doucement, à vitesse de marche. On le voyait sur la rue plusieurs fois par jour depuis l'accident de Margot. L'homme s'était fait un chemin de croix d'une seule station pour se punir ou, peut-être, pour se rappeler la chance qu'il avait eue de ne pas la tuer, la petite.

Quand il a été à ma hauteur, il s'est arrêté. Pour la première fois. Je ne distinguais de ses yeux que le halo blanc qui cerclait ses iris d'une indéfinissable couleur. Les ombres, engouffrées profondément dans ses traits, révélaient le visage d'un homme abattu, fatigué. Ses paupières devaient s'être affaissées récemment à voir la manie qu'il avait d'appuyer sa main sur son front et d'en tirer la peau vers l'arrière. Il ne disait rien. On se dévisageait. Des mots coupés, des chiffres, des adresses s'égouttaient depuis une mer de friture dans l'habitacle. Personne ne lui en voulait. On pensait même souvent à lui chez nous. Mais je ne savais pas comment dire ça.

— On va lui enlever ses plâtres bientôt.

— ...

— Elle a déjà fait ses examens, elle a eu de super bonnes notes. On lui a toutes fait l'école. Même Jeanne. Sans pogner les nerfs.

Il a lentement penché la tête. Une larme, qui s'était emparée de toute la lumière disponible pour s'allumer, a roulé sur sa joue. Et la voiture a repris son mouvement. L'âme torturée de cet homme a mis plus de temps à guérir que les jambes de Margot : il est passé devant la maison presque tous les jours pendant des années. Même quand Margot n'y était plus.

J'ai fait signe à mes parents et je suis allée m'installer à côté de Roger, sur le remblai de béton qui délimitait le stationnement. J'ai ouvert la boîte et nous avons mangé quelques chocolats en silence. Il n'a pas posé de question. Ce n'était pas de son goût, mais il se resservait quand même. Il préférait les saveurs franches, plus simples à deviner. Puis Crésus est apparu devant nous, sur le trottoir, passant lentement, la tête baissée, le menton enraciné dans le corps à force de tenir la pose. Rien ne lui faisait jamais lever la tête. Il marmonnait, comme toujours, des phrases qu'il débitait à une vitesse folle tant il les avait ressassées. Il avait cette étrange habitude de ramasser par terre tout ce qui pouvait encore être mâchouillé, ne serait-ce qu'un peu : de vieilles gommes, des restants de bonbons, des bouts de chips, des cœurs de pommes, tout, sans faire de discrimination quant à l'âge des rebuts. Alors les gamins s'amusaient de lui en semant sur son chemin toutes sortes de trucs, comestibles ou pas. Et ça les faisait bien rire quand le pauvre, tout content de sa trouvaille, s'étouffait avec un raisin de plastique. Moi, ça ne m'a jamais fait rire. Mais c'était facile pour moi de n'être pas méchante : je n'étais pas malheureuse.

J'ai couru pour le devancer de quelques pas et j'ai déposé la boîte par terre, encore pleine de belles pièces toutes neuves. J'aurais aimé lui dire « je les ai achetés pour toi, rien que pour toi, mange Crésus », mais ce n'était pas tout à fait vrai ni tout à fait son nom. Alors je suis retournée m'asseoir avec Roger.

— Y la prendra pas. Regarde…

— Pourquoi ?

— Regarde ben… y passe drette, j'le savais.

— Peut-être qu'il l'a pas vue.

— Inquiète-toé pas, y l'a vue mieux que j'te vois.

— Pourquoi il l'a pas prise, d'abord ?

— Bof, y a une couple d'abeilles dans le buggy, le vieux, y aime mieux les cochonneries pus bonnes.

— Pourquoi ?

— Ta mère a raison, t'é fatigante avec tes questions…

Je suis retournée chercher la boîte qu'il avait discrètement contournée, comme si elle avait toujours été là, et j'ai préparé la scène pour son retour ; il était de la même école que les autres, il irait et reviendrait encore des dizaines de fois avant la nuit. J'ai placé les morceaux restants dans le couvercle de la boîte avant de les amputer d'un petit bout pour les rendre plus intéressants, puis je les ai éparpillés sur le trottoir pour qu'ils aient un peu l'air d'être tombés là par hasard. Un peu. J'ai foutu la boîte vide dans les poubelles avant de rentrer chez moi. Il n'y avait plus rien à voir.

Roger aussi est rentré en me laissant le temps d'entra-percevoir, débordant de sa poche arrière, les coins tout racornis d'un livre, format poche.

9

La fin des temps s'est pointée au Canal Famille avec le retour de l'automne. Les états généraux se révélaient une grande déception pour le peuple dont on cherchait à faire taire les représentants, ce qui ne faisait qu'augmenter son désir de se faire entendre. Quand les culs bordés de nouilles ont commencé à sentir la soupe chaude, ils ont tenté de faire annuler les états généraux par lesquels s'annonçait la mort de leurs privilèges. Mais l'Histoire était en route et plus rien ne pouvait en dévier le cours. Oscar, comme beaucoup de soldats et certaines gens du bas clergé et de la petite noblesse, avait changé de camp. Elle allait continuer à se battre, plus que jamais même, mais pour défendre désormais le peuple et, par là, ses propres idéaux d'égalité et de justice. C'était une vraie noble au fond. Ses hommes l'avaient compris et s'étaient ralliés à elle.

André, qui avait été éborgné lors d'une bataille, demeurait fidèlement à ses côtés en lui cachant bien que la grande noirceur s'apprêtait à s'abattre sur lui ; une étrange maladie, comme celle dont on a tant besoin pour ajouter un peu de drame sans trop d'explication, lui ravageait le cerveau et allait bientôt emporter l'autre œil. Et puis tout le reste. De son côté, Oscar se mourait de la tuberculose, tellement plus romantique en ces temps de grands troubles que l'empalement, la guillotine ou la trappe à nobles. Mais la virulence et l'intransigeance de leurs maladies n'étaient que des vétilles en comparaison de la menace que représentait la Révolution pour des soldats transfuges qui se battaient chaque jour aux premières lignes.

Ils formaient donc un beau couple de condamnés à mort, attaqués sur tous les fronts, mais ils s'aimaient, l'urgence ayant eu raison de toutes les retenues qu'ils s'étaient jusque-là imposées. Cela changeait tout, même la trame musicale des épisodes. Oscar avait mis du temps à le comprendre, mais ça y était, la trahison était consommée, elle ne pourrait plus être un homme. Son cœur avait tranché, elle aimait André. Toutes ses résistances étaient tombées et, avec elles, ce personnage d'emprunt qu'on lui avait imposé. Et avec lui, une part de moi qui ne pouvait survivre toute seule.

Le mois des morts arriva. Novembre, la pieuvre meurtrière, a étendu ses tentacules sur tous les plans narratifs.

Mathusalem est mort le premier. Toutes les éternités ont une fin. On l'a retrouvé dans l'escalier de béton qui descend à ce qui aura longtemps été son appartement, assis sur l'avant-dernière marche, devant la porte, comme s'il y avait attendu le retour de quelqu'un. Ça n'avait peut-être été là que la dernière étape d'une longue attente, au fond. Il venait tout juste d'avoir soixante-dix-sept ans, ce qui semblait incroyable pour un homme si vieux depuis si longtemps. Mais d'un autre côté, c'était l'âge maximal qu'on pouvait atteindre à l'époque, on pouvait d'ailleurs le lire partout, même sur les boîtes de jeux de société.

Quelques jours plus tard, le père Simard a passé l'arme à gauche en plein service, tout de suite après avoir ingurgité, selon sa femme, un léger repas. Il était encore, au moment de sa mort, agent de sécurité pour une importante banque du centre-ville. Il y était entré quelques siècles plus tôt, sous un autre format. On l'a, sans hésiter, remplacé par une caméra, un peu plus mobile et rapide. Plus coûteuse aussi, mais on a évalué que ce que l'on gagnait en efficacité en valait la chandelle. Le reste de la famille, probablement poussé à l'état de désordre par la fission inattendue du noyau familial, a décidé de déménager. Dans un autre quartier. Ailleurs, loin de nous, loin d'avant. Les deux femmes n'ont pas vraiment eu le choix : l'absence du père créait, dans un appartement habituellement si habité, un vide titanesque qui risquait de tout aspirer. Et le montant de l'assurance donnait envie de se refaire une vie ailleurs.

André est mort à son tour. André, devenu aveugle. Criblé de balles alors que ses frères d'armes tentaient une manœuvre dangereuse pour le mettre à l'abri. Oscar s'était précipitée sur lui, l'avait soulevé doucement pour glisser ses bras sous son corps percé et le serrer contre elle, pas trop fort.

— ANDRÉ ! ANDRÉ ! ANDRÉ ! NON ! ANDRÉ !

— Os… car… Os… car… je… t'ai… me… je… t'ai…

— NON ! ANDRÉ ! ANDRÉ ! ANDRÉ ! NON ! NON !

J'étais d'accord avec les scénaristes, il n'y avait probablement rien d'autre à dire. On ne sauve pas un personnage transformé en passoire. Oscar et André ne s'enfuiraient pas, ne se marieraient pas, ne s'aimeraient plus. Ils ne recommenceraient pas l'histoire depuis le début en s'aimant tout de suite, pour avoir plus de temps. Voilà tout ce que le destin leur avait réservé d'amour, une étreinte baignée de sang, la veille de la prise de la Bastille. Tout de même, ce n'était, historiquement parlant, pas une fin banale, mais c'était une fin. Et il m'a semblé, à ce moment-là, que la fin de siècle dans laquelle se débattait Oscar était, à tout prendre, beaucoup plus périlleuse que mon époque : je risquais fort peu de tomber sous les feux d'une révolution, j'avais très peu de chance de mourir de la tuberculose ou d'une maladie du genre et je ne pouvais pas non plus mourir d'amour, même en aimant trop fort. Je me tenais aux côtés des autres soldats, muette, les jambes flageolantes — je me faisais toute petite pour pouvoir rester, pour ne pas troubler par des confusions historiques un si grave moment. Ce n'était pas possible. Je criais intérieurement pour qu'il reste. André. Je l'aimais, moi aussi. Si doux, si bon, si fidèle, toujours là dans l'ombre à attendre son tour. Et je sentais que nous ne pourrions plus rien faire toutes les deux sans lui. Elle criait, sans pouvoir pleurer. Elle n'avait jamais appris. Commander restait ce qu'elle faisait le mieux, alors elle lui ordonnait de vivre.

— RESTE, ANDRÉ ! RESTE ! TU DOIS RESTER ! J'AI BESOIN DE TOI, ANDRÉ ! JE T'AIME, ANDRÉ ! TU DOIS RESTER ! ANDRÉÉÉÉÉÉÉÉ…

C'était fini. Il avait déserté. Nous étions désormais des veuves de guerre viscéralement éplorées. À jamais inconsolables.

À l'angle des rues de la Ronde et du boulevard de la Canardière, au bas de la côte, un camion qui roulait à très vive allure a fait une large embardée pour éviter un nid-de-poule et a mis en orbite tout ce qui se trouvait sur le coin de rue : une poubelle estampillée de la ville numéro 0023-2B, un petit chien coup de pied au bout d'une laisse, une boîte aux lettres vide et l'Astronaute, dont le spectaculaire

envol a rapidement été freiné par le panneau qui, justement, indiquait qu'il fallait s'arrêter. L'importante distance
parcourue dans les airs par son corps est devenue la preuve
qu'il n'était pas, contrairement au commun des autres mor-
tels du coin, entièrement assujetti à la gravité. L'Arrêt/Stop
a d'abord ployé sous le choc, puis a déposé le corps dislo-
qué sur le trottoir avant de se redresser comme le lui com-
mandait sa fibre métallique souple mais résistante. La propriétaire du petit chien est restée figée sur place, la main
fermée sur le souvenir d'une laisse.

Une telle concentration de malheurs dans un si petit
coin de ville ne pouvait qu'échauffer les esprits. Et comme
la mort des autres ne fait jamais que nous rappeler la nôtre,
inéluctable, les gens se sont mis à paniquer. N'y avait-il pas
là, dans toutes ces morts, un signe, un message, un châti-
ment même ? Les plus rationnels, peu nombreux, n'y ont vu
que de funestes hasards, les autres ont réagi comme des
humains : on s'est mis à parler d'agneau à sacrifier, de vierge
à emmurer vivante et de sorcière à brûler. Quand Madame
Corbeau a été en état de se mêler à l'hystérie collective
— elle avait eu besoin d'un moment pour se remettre du
choc, le petit chien aurait pu être le sien —, elle nous a proposé un petit trio d'actions, plus conformes aux lois et pra-
tiques de l'époque, pour en appeler à la clémence de Dieu :
prières, lampions et escaliers à gravir à genoux.

Contre toute attente, il y a eu une petite accalmie. Et
Dieu en a profité pour prendre du galon.

Entre-temps, la mort sollicitant toute ma vigilance,
mon sein gauche en a profité pour pousser, tout seul, fier
petit gâteau à pâte ferme qui s'élevait sur l'étendue déser-
tique de mon corps. L'autre sein, le droit, plus têtu, était

parvenu à stopper son éclosion à l'état d'amande. Il n'y avait, de son côté, qu'un noyau dur extrêmement sensible qui pointait à peine plus qu'un sein de garçon. Le moindre petit contact, le plus léger effleurement de doigt me faisait hurler de douleur. J'avais pourtant cru qu'en me concentrant très fort, je ne deviendrais pas une fille, que j'empêcherais mon corps d'en développer les attributs et les faiblesses. Et ce n'était pas ce à quoi j'avais songé quand je m'étais souhaité un peu plus d'envergure. Je pensais muscles, chair et sang. Je ne voulais pas de ces excroissances indésirables, laides, fragiles, inutiles et encombrantes. Et en ayant à moitié failli, je me retrouvais doublement embarrassée : j'avais un sein à cacher et un autre à protéger.

Oscar n'avait pas la moindre petite ombre de forme sur son beau costume de colonel. Tout était totalement plat, je l'avais mille fois épiée dans tous les sens, sous toutes les coutures des dessins deux dimensions. Mais elle était si forte qu'elle avait même su dompter son corps.

Dans mes vêtements que je portais désormais beaucoup trop larges, je pouvais sans problème dissimuler l'objet de mon échec. Les livres d'école que je tenais fermement dans mes bras à quelques pouces du corps me servaient de bouclier. Quand ça se bousculait et que je n'arrivais plus à tenir la distance, je serrais les dents en pensant au vieil homme prisonnier de sa barque en pleine mer. Et à l'eau salée qui s'infiltrait dans ses plaies. Chaque pression me faisait l'effet d'un coup de marteau qui diffusait une intense douleur dans tout mon corps, jusqu'au bout de mes cheveux. Ça m'inquiétait un peu. Et ça ne m'amusait pas du tout. Ce n'était pas une blessure de guerre, mais une souffrance de fille. Une dégoûtante souffrance de fille. Je me débrouillerais à la petite journée, mais ça ne pourrait pas durer. Plutôt mourir. À l'idée de la soirée de bingo qui approchait et des imparables coups de cabaret et bousculades que je devrais encaisser, je me suis mise à avoir très peur. Alors maman.

— Montre.

— Non. Ici, y a un sein, pis ici y en a pas. C'est juste une boule dure, pis je veux pas que tu touches.

— Si on va voir le médecin, il va vouloir regarder.

— Pourquoi?

— Parce qu'il va avoir besoin de voir, pis peut-être de toucher pour comprendre ce qui se passe.

— Non! Pas question! Je veux pas qu'il me touche.

— On va voir rendues là-bas.

— Laisse faire, j'y vas pas.

— J'y « vais » pas.

— C'est ça.

— Ben endure, d'abord.

— Ça sert à rien d'y toucher, il va juste sentir une boule dure. Pis ça, je vais lui dire en arrivant que c'est juste une boule dure. Pas d'affaire à toucher. Pour l'autre, c'est trop tard. Moi, je veux juste un médicament.

— Un médicament pour quoi?

— Je sais pas.

— T'as déjà pris du Tylenol.

— Pfft! Il s'est rien passé.

— Ça fait pas un petit peu moins mal?

— Bof, un peu, je sais pas trop, mais c'est resté pareil. C'est pour le mal de tête, ça. Je veux un médicament, un vrai que la pharmacienne garde en arrière pis qui fait vraiment quelque chose.

— Comme quoi ?

— Ben, je sais pas trop…

Elle a plissé les yeux pour mieux me lire.

— Hélène ?

L'heure était grave, elle s'est assise.

— Quoi ?

— Il va pas s'en aller, ton sein.

— Il pourrait dégonfler un peu, au moins.

— Non. Commence pas avec ça. Il va pas dégonfler non plus. Au contraire, il va continuer à pousser, pis c'est ben correct de même. Tu vas être ben contente qu'il pousse même. Pis l'autre aussi va se mettre à pousser à un moment donné. On va même souhaiter qu'il devienne à peu près aussi gros que l'autre. Là, il retarde juste un peu, pour une raison qu'on connaît pas, pis c'est juste pour ça qu'on va aller voir le médecin.

— Je veux pas y aller, d'abord.

— OK. Endure, c'é toute.

Je suis parvenue à tenir un bon bout de temps, deux ou trois heures encore. Puis nous sommes allées le jour même, le docteur Cauchon nous ayant tricoté un petit trou dans son horaire pour mon mal mystérieux. Il m'a fait mettre une jaquette bleue, pour que ça fasse plus officiel, ne m'a presque pas touchée et nous a assurées qu'il n'y avait rien d'anormal, que tout rentrerait dans l'ordre. Féminité récalcitrante. Rien d'incurable. Il m'a prescrit un anneau de protection à glisser dans un soutien-gorge en attendant que le sein daigne éclore. Un soutien-gorge. Un sein, un soutien-gorge et une rondelle de mousse sur le non-sein. Un cauchemar.

Une fois tout le gréement installé, je ne l'ai pratiquement plus enlevé, même pour dormir. Ma cuirasse ne m'était jamais aussi pratique que la nuit où je bougeais de façon imprévisible. De toute façon, une fois le soutien-gorge sur moi, collé à ma peau, je pouvais facilement le transformer mentalement en une quelconque pièce d'armurerie. Et comme cette illusion rendait la situation supportable, je ne pouvais pas me permettre de l'enlever et de le remettre sans arrêt. Et d'en réanimer ainsi l'existence matin et soir.

Au bingo, je me débrouillais en manœuvrant prudemment et en essayant d'anticiper les gestes de la faune qui se débattait autour pour travailler ou gagner le gros lot. J'ai rapidement compris qu'il suffisait d'écouter pour sentir le mouvement de la foule et deviner la présence des gens et la vitesse de leurs déplacements aux seuls froissements des vêtements. Le craquement des chaises me prévenait des levées brusques qui m'auraient forcée, si je n'avais pu les anticiper, à rabattre sur moi le cabaret pour sauver ma paie. Pratiquement tout ce qui bougeait s'annonçait par le bruit. Au bout de quelques heures, je pouvais déjà fermer les yeux et voir la salle, dont seules quelques zones floues échappaient à ma reconstruction mentale. Je refilais mes commandes à quelqu'une qui se trouvait aux abords des cuisines pour ne pas avoir à m'exposer en étirant les bras. J'ai été obligée de convaincre Cinthia de prendre ma place pour les lavabos : ils étaient très profonds, les rebords me sciaient le corps en deux précisément à la hauteur de la plaie.

— C'é où que t'as mal ?
— Au corps.
— Où ça, au corps ?
— À peu près là.
— Aux seins ?

— … à peu près.

— T'as mal aux seins ?

— Non…

— Où, d'abord ?

— C'est pas important. Laisse faire.

— Je veux savoir, sinon je fais pas les lavabos. De toute façon, la grosse dinde va chialer si c'é moé qui les fais.

— OK ! J'ai mal… au pas-de-sein.

— Pfft ! Au pas-de-sein ?

— Je savais que tu rirais.

— Non mais là, c'é quoi ça, un pas-de-sein ?

— J'ai un sein qui pousse pas, c'est juste comme un noyau, pis ça fait mal en chien.

— Un noyau ?

— Ben oui.

— Montre.

— T'es-tu malade ! De toute façon, j'ai une brassière.

Elle s'est approchée de moi en jetant des regards rapides autour.

— T'as pas douze ans presque treize.

— Ben oui j'ai douze, rapport.

— Ben non, j'te vois jamais à l'école.

— C'est parce que je suis juste en un.

— Moi aussi.

— Ben non, t'as quatorze.

— J'ai coulé deux fois. J'sus vraiment poche à l'école.

— … j'ai eu onze le mois passé.

— Bonne fête en retard.

— Tu vas pas le dire, hein ?

— Franchement, j'le sais depuis le début, pis je l'ai jamais dit. Mais arrête de me remplir, j'suis pas aveugle comme la vieille folle. Enweille, donne-moé ton Ajax, j'vais les faire, tes maudits lavabos. Tu peux-tu faire les cendriers avec un pas-de-sein ?

Ce soir-là, en rentrant, mon père se trouvait encore à la table de la cuisine, comme souvent les soirs sans hockey, mais il ne corrigeait pas de copies. Il pianotait sur sa petite calculatrice Radio Shack. Devant lui, des enveloppes et des feuilles parfaitement alignées étaient maintenues par un gros trombone, au cas où elles auraient entretenu quelque velléité de désordre. Les deux crayons, la gomme à effacer et la règle pointaient ensemble vers le sud, parallèlement disposés à gauche de la pile d'enveloppes. L'espacement entre les objets était régulier. Sur une feuille quadrillée, mon père notait les nombres qui avaient ombragé les cellules liquides de la calculatrice, en plaçant chacun des chiffres qui les composaient dans les limites étriquées des cases, sans que la moindre patte de chiffre ne vienne empiéter sur les lignes tracées à l'encre. C'était plus compliqué pour les virgules qu'il fallait placer tout en bas sans leur permettre pour autant de manquer à l'ordre imposé par les cases. Il fumait minutieusement pendant ces délicates opérations, ponctuant de ses soupirs enfumés une situation qui s'entêtait à ne pas changer. Il comptait et recomptait sans arrêt, comme si les sommes nécessaires allaient apparaître, libérées par une force quelconque qui les aurait retenues et qu'il fallait battre avec une patience obstinée. Il recommençait en croyant peut-être que la syntaxe boiteuse de ses calculs finirait par avoir du sens.

Je l'observais de ma chambre depuis un moment quand ma mère s'est pointée dans la cuisine, armée comme toujours de son balai.

— Écoute… pour Jeanne, c'est ben important. Elle y tient vraiment.

— Hum.

— On pourrait demander à mon père. Dans le fond, c'est pas tant d'argent que ça… pis c'est sa filleule…

— Madeleine…

— T'as raison, on va trouver autre chose.

Je n'ai compris que le lendemain soir de quoi il s'agissait et ce que venait faire ma sœur dans tout ça.

Nous nous sommes retrouvées par hasard sur le balcon de l'appartement, alors que mes parents couraient les derniers milles de la journée entre les devoirs, les copies à corriger, les petites et la maison à nettoyer. Jeanne faisait des mots croisés et je me racontais des histoires en essayant d'avoir l'air de m'ennuyer. Les voisins d'en face, bien réchauffés par le chèque du début de mois — probablement déjà flambé —, s'étaient organisé une petite fête. Un nombre impressionnant d'adultes entassés sur un minuscule balcon dansaient et chantaient à tue-tête les plus grands succès d'Elvis Presley, seulement reconnaissables parce que la chaîne stéréo placée dans la fenêtre crachait encore plus fort qu'eux. Dans leurs jambes, une marmaille grouillante s'accrochait aux pantalons et chignait sans se faire entendre. Une petite masse rose hurlante, seulement vêtue d'une couche, s'était tapie dans un coin pour éviter de se faire piétiner.

— Je moisirai pas longtemps dans un trou pourri de même.

— Eux autres, c'est des caves.

— Pas rien qu'eux autres. Tout le monde est cave ici.

— Ils vont sacrer leur camp bientôt.

— Moi aussi.

— Pfft !

— C'est vrai. Je me suis inscrite dans un programme spécial pour aller apprendre l'anglais. Je vais passer l'été prochain à Winnipeg.

— À Winnipeg ? C'est où, ça ?

— Laisse faire. C'est loin.

— Pourquoi ?

— Parce que j'ai eu une bourse. Faut juste payer le billet d'avion.

— Ils t'ont donné une sacoche ?

— Maudit que t'es épaisse des fois.

— Je sais-tu, moi…

— …

— Tu vas revenir ?

— Ça devrait. Pas trop le choix. À moins que je trouve un moyen de rester là-bas.

— T'aimeras peut-être pas ça.

— Ça pourra pas être pire qu'ici.

Madame Corbeau est descendue sur le trottoir pour leur faire des menaces. Elle se tenait loin du balcon pour ne pas risquer d'être écrabouillée s'il finissait par céder. L'idée de finir en sandwich ne la dérangeait qu'à moitié ; celle d'être exposée à couvercle fermé la terrifiait.

— Je vais appeler la police si vous arrêtez pas tout de suite… JE VAIS APPELER LA POLICE SI VOUS ARRÊTEZ PAS…

Elle aurait dû savoir qu'il ne valait pas la peine d'érailler sa belle voix de chanteuse de chorale pour tenter de raisonner les pauvres fêtards. Ils avaient la bière joyeuse et se complaisaient pour le moment dans leur pathétique bonheur.

— Je vais appeler la DPJ… JE VAIS APPELER LA DPJ !

Elle s'en est retournée à ses cordes à linge au moment même où Barbe-Noire, le vieil énergumène qui survivait dans l'un de deux logements du sous-sol du même immeuble, sortait. Elle s'est faite toute petite pour ne pas se frotter à cette âme perdue dans un corps si désolant et est disparue dans la cage d'escalier. Comme toujours quand il passait à côté d'elle, il a fait semblant de vouloir la mordre en rugissant. Pour elle, il était l'incarnation du Mal ; il avait le sens de l'humour.

Égayé par ce premier contact de la soirée, il a planté une vieille chaise qui traînait sur le petit carré de pelouse qui n'arriverait jamais à pousser, du côté opposé au balcon en fête pour avoir un meilleur angle de vue. Il s'est amusé quelques instants en sirotant une bière, tenant avec lui-même une conversation assez animée. Il a ensuite déposé sa bière, a jeté un œil autour, un peu distraitement, et s'est avancé vers la fenêtre du sous-sol de son voisin. L'un des carreaux était légèrement entrouvert. Imprudemment entrouvert. Il s'est penché pour regarder à l'intérieur, puis s'est relevé d'un air décidé. L'animosité qu'entretenaient depuis toujours les deux hommes était bien trop célèbre pour qu'on puisse croire que Barbe-Noire était poussé par de bons sentiments. Le nerf de leurs guéguerres était apparemment un chat qui entretenait une notion un peu élargie de la propriété. Sans se soucier de tous ceux qui flânaient sur leur balcon, comme Jeanne et moi, le vieux pirate a descendu la fermeture éclair de son pantalon et a uriné dans l'appartement de son ennemi, sans cérémonies. L'exercice était plutôt difficile, vu la petitesse de l'ouverture, mais l'essentiel de son trop-plein a fait mouche. Satisfait, il est retourné ramasser sa bouteille, a donné un bon coup de pied à la chaise qui est redevenue un rebut de jardin et est rentré chez lui en titubant quelques pas de danse sur l'air d'une chanson qui ressemblait, vaguement, à *Don't Be Cruel*.

Même si je m'efforçais d'ordinaire d'être plus indulgente que ma sœur envers notre « trou pourri », comme elle l'appelait, et que j'avais même du talent pour lui trouver certains charmes, il m'arrivait de penser que les envies de fuir de Jeanne étaient légitimes.

Le lendemain, alors que mon père avait repris ses feuilles de calculs, j'ai sorti ma boîte de métal et j'ai fait le compte, plusieurs fois. S'entassaient là plus de six cents dollars, dans un bordel de papiers et de monnaie, deux ans et demi d'éreintants matins glacials et d'étourdissantes soirées de bingo. Je me suis sentie un peu fatiguée en les additionnant sur ma petite calculatrice, comme si mes jambes encaissaient d'un coup des centaines de kilomètres et des dizaines de milliers de marches. Certains dollars, à leur façon d'être pliés, déchirés, bariolés me rappelaient le moment où je les avais regardés tomber dans mes mains. Il me fallait un compte de banque, pour que toute cette sueur ne soit plus qu'un nombre réconfortant inscrit sur un petit feuillet.

Une fois dépliés et pressés, les dollars prenaient beaucoup moins de place, alors je les ai gardés dans ma main. Ils auraient trop senti l'économie de bas de laine si je les avais laissés dans la boîte. Je voulais qu'ils dégagent une impression de gain facile, qu'ils aient l'air d'être apparus par magie. J'aurais bien assez de la monnaie pour mes petites dépenses personnelles.

Je me suis approchée de mon père et j'ai déposé mes dollars en orientant le visage de la reine vers le sud et en respectant parfaitement la ligne parallèle des objets placés sur la table. Comme je m'apprêtais à le perturber, valait mieux le faire de façon ordonnée.

— Tiens. J'en ai pas besoin. Ben, pas tout de suite en tout cas. C'est pour Jeanne. Pour l'avion. Je lui fais un prêt, elle va me le rembourser plus tard, c'est correct.

Il a retenu quelques secondes la fumée qu'il venait d'inspirer et m'a regardée sans cligner des yeux. Ils étaient faits du même bleu que les miens, ou vice versa. J'aurais voulu partir tout de suite, pour couper court à la discussion, mais je n'arrivais pas à soulever mes jambes. Mon père prenait acte de l'offre, lentement, très lentement, pour tout bien comprendre. Il s'appliquait sa propre médecine. Il fallait en venir à peu de mots, mais pertinents. Je le voyais considérer, par tous les côtés, la possibilité de contester, mais ça se heurtait chaque fois au bon sens. J'avais fait l'exercice, moi aussi, je le savais bien. J'avais bien mesuré ma façon de lui présenter l'affaire.

— Merci. Jeanne va vraiment l'apprécier. On devrait tout de suite se faire une entente pour le remboursement du prêt.

— C'est beau, je me suis arrangée avec Jeanne. On a déjà réglé tout ça ensemble.

Et je suis partie en courant. Bien sûr, je n'en ai jamais parlé avec Jeanne. J'avais trop envie qu'elle croie que mes parents pouvaient au moins lui payer ça. Elle avait fait sa part en gagnant la bourse. Et c'était vrai, je n'avais pas besoin d'argent, ou de si peu.

Bien des années plus tard, alors que je me débattais, de nuit, dans un restaurant pour payer mes études qui n'en finissaient plus — la bête affolée de mon esprit zigzaguait entre la chimie, la littérature, l'ébénisterie —, elle est débarquée chez moi et m'a traînée de force au bureau des véhicules automobiles, après un laconique « suis-moi ». Et comme j'avais gardé l'habitude d'avoir peur de ma sœur, je n'ai pas osé poser de question. Là-bas, après une interminable attente où elle a rempli frénétiquement des grilles de sudoku, elle m'a forcée à signer un papier par lequel je devenais propriétaire de sa voiture, pour un dollar. Dans le stationnement, elle m'a remis les clés sans sourire, mais heureuse à sa façon.

— J'ai déjà acheté une autre auto.

— Elle marche plus, celle-là ?

— Ben franchement, je te l'aurais pas vendue.

— Une piasse…

— J'avais pas le choix, on n'a pas le droit de donner une auto.

— Mais pourquoi tu me donnes ton auto ?

— Maman m'a dit que tu en arrachais avec ton travail de nuit pour le transport. Pis l'école, pis tout le reste…

— Elle t'a dit ça ?

— Ben oui.

— Je m'arrange pas pire, pourtant.

— Écoute, tu peux en avoir un bon prix en la revendant si t'en veux pas.

— Ben non, c'est ben correct, je la garde. Ça va être plus facile, c'est vrai… merci.

— Non, merci à toi. Viens me reconduire.

Elle ne me l'a jamais dit, mais j'ai compris ce jour-là qu'elle avait su pour le prêt. Comment imaginer qu'ils n'en aient jamais parlé, d'ailleurs, mon père et elle ? J'ai donc gardé la voiture et je l'ai forcée à vivre encore huit ans. Chaque kilomètre qui s'ajoutait au compteur augmentait la générosité du remboursement. C'est tout ce que j'avais trouvé pour montrer à Jeanne qu'elle avait un peu poussé la dette d'honneur.

Et puis, je suis morte dans l'épisode suivant celui de la mort d'André. Un vendredi soir, à 16 h 17, au Canal Famille. Les morts télévisuelles sont toujours précises, comme les naissances de la réalité. Ça m'a semblé tout naturel, même si j'avais secrètement souhaité quelques grandes scènes encore pour pouvoir engranger dans ma mémoire des hauts faits d'armes de dernière minute. Pour ma prospérité. Mais voilà, comme tous les destins étaient liés, Oscar ne devait pas survivre longtemps à la mort d'André, de son beau cheval blanc et de la vieille France. L'effet domino.

Je me trouvais près de la Bastille, perdue, déjà morte dans un corps malade, privée d'amour. J'errais dans ce moment charnière de l'Histoire, au seuil de la mort. Des civils se sont approchés de moi ; ils étaient paniqués. Le peu d'hommes qui protégeaient la forteresse et défendaient les réserves d'armes qu'elle contenait étaient trop bien armés pour qu'on puisse espérer faire la moindre petite percée. Le Nombre, cette fois, n'arriverait à rien, on tombait comme des mouches dans le camp du peuple. Les canons volés plus tôt à l'armée dardaient innocemment les assiégés, personne ne savait comment les faire fonctionner. Et il aurait été déraisonnable de compter sur le temps pour venir à bout de l'ennemi ; trop d'hommes mourraient avant qu'il n'épuise ses munitions. On se découragerait avant. Il fallait trouver quelque chose, et vite. Ragaillardie par l'idée de me venger de ceux qui m'avaient amputée d'André, je me suis alors empressée de rassembler quelques-uns de mes hommes qui se trouvaient, par un heureux hasard, à portée de voix. Et sans connaître plus de détails sur la bataille à organiser et sur les effectifs dont je disposais, j'ai constitué tout juste le bon nombre d'équipes de canonniers que j'ai réparties aux endroits que je devinai les plus stratégiques. Ma longue expérience des situations de crise me conférait des pouvoirs que certains auraient jugés un peu trop exceptionnels s'ils étaient tombés sur la série seulement à ce point de chute de l'histoire.

À la première charge, les canons ont fait des trouées importantes dans la façade de la Bastille. À la deuxième charge, on m'a repérée depuis le commandement situé au haut de la tour ; les ennemis de la nation avaient des lunettes d'approche et cherchaient à comprendre d'où venait cette spontanée maîtrise de l'artillerie lourde. Les ordres ont été clairs, j'étais l'homme à abattre. À la troisième charge, donc, un essaim de balles s'est niché dans mon corps. Je ne pouvais plus respirer. Tous ces trous et plus d'air du tout. Mon cerveau, fragile mais encore capable d'initiatives, s'est empressé de larguer les amarres pour m'anesthésier. Je n'ai plus rien senti, plus rien entendu. Fermeture du sas. Je suis restée sur le sol, hagarde, souriant de cette fin qui était, à tout prendre, la plus belle façon d'en finir. Officiellement, je suis morte par balles, les organes vitaux troués ; mais chacun sait que c'est le désespoir qui m'a tuée.

Avant même la tombée du générique, je me suis réfugiée dans la salle de bain, le seul endroit où il était possible d'échapper aux poursuites de la bienveillance familiale. Oscar n'était plus en train de mourir, elle était morte, très morte, et elle m'abandonnait, comme ça, après tant années, en pleine bataille. Assise sur le terrazzo gelé du plancher, je me suis pleurée pendant des heures. J'avais des douleurs de fusillée dans le ventre. Je ne m'étais jamais sentie aussi seule de toute ma vie, et je continuais de tomber, même assise. Je ne comprenais plus ce qu'il fallait faire. Je respirais à peine, l'air était refoulé à l'entrée de mes poumons alors que j'avais tout à coup des kilomètres carrés d'estomac vide à ravitailler. J'allais être avalée de l'intérieur. Et comme il n'y avait toujours qu'une seule toilette dans l'appartement, il s'est passé peu de temps avant qu'on ne se mette à piétiner devant la porte. Les plus grands drames de l'Histoire n'ont jamais eu d'emprise sur les plus petits besoins de l'Homme. Ça contrecarrait un peu mes plans, je voulais mourir là, par terre, misérable, seule, au moins jusqu'au souper. Sans Oscar, j'étais une petite maigrichonne de onze ans coincée dans un quartier un peu pourri avec un père très maladroit dans sa recherche du bonheur et une sœur qui allait partir, peut-être pour toujours. Mais comme chaque fois que je prenais des résolutions sérieuses, une petite main a tambouriné sur la porte.

— Hélèèèène, je veux faire un beau pipi.

J'entendais la troupe de souffleurs qui chuchotait derrière.

— Hélèèèène, je veux... (quoi? Pourquoi? OK.) Jooooe, je veux faire un beau pipi, OK?

— OK. Apporte-moi des ciseaux.

— Quoi tu dis?

— Apporte-moi des ciseaux.

— Des ciseaux ?

— Oui, des ciseaux.

— OK. (A dit : « Apporte-moi des ciseaux »… je sais pas, non, des ciseaux qu'a dit. Oui. OK.) Pourquoi tu veux des ciseaux, Joe ?

— Parce que.

— (A dit : « Passe que. »)

Je m'observais dans le miroir. Je ne ressemblais pas à Oscar. Ça ne m'avait servi à rien de tant vouloir. Je me retrouvais seule avec un semblant d'image mal taillée. J'avais vraiment besoin de ciseaux.

— Pourquoi tu veux des ciseaux, Joe ?

— Parce que j'ai quelque chose à couper.

— OK. (A dit : « Passe que j'ai quète chose à couper. »)

La porte s'est ouverte et la petite s'est glissée à l'intérieur. Je m'étais placée dans un angle mort pour que le reste de la troupe ne profite pas de l'ouverture pour m'espionner. Les ciseaux étaient couchés sur ses deux mains jointes, ouvertes, comme si elle tenait une offrande sacrée.

— Tiens.

J'ai refermé la porte derrière elle.

— Merci. Va faire ton pipi.

— J'ai pas envie.

— Ben assis-toi là. Pis parle pas, OK ?

— OK.

— …

— Qu'est-ce tu fais ?

— Parle pas, j'ai dit.

— …

— Je vais me couper les cheveux.

— Pourquoi ?

— Parce que.

— Pourquoi passe que ?

— Parce que c'est mieux de même. Si tu poses trop de questions, tu sors, OK ?

— OK.

Elle a mis ses mains devant ses yeux en écartant bien les doigts, pour ne pas trop rater le spectacle. J'ai bandé une mèche attrapée au hasard et j'ai donné un grand coup de ciseaux en me forçant à regarder. La petite a enfoui sa tête dans ses bras et s'est mise à sangloter. Très discrètement, sans parler. Une poignée de longs cheveux blonds pendouillait dans ma main. J'hésitais, maintenant qu'ils étaient coupés. Je les ai laissés tomber dans l'évier. Ils étaient moins légers que prévu. Moins gracieux aussi, sans ralenti, sans vent. Des bouts de costume que j'abandonnais non sans douleur. Avant de perdre totalement contenance et d'en rester là, avec un hiatus sur le côté de la tête, j'ai attrapé à la hâte des mèches de grosseurs inégales que j'ai taillées de façon erratique en tentant sans succès de suivre une ligne imaginaire sous les oreilles.

— Pleure pas, Ti-Pou, c'est mieux de même.

— Non !

— Ben oui, c'est long à démêler des cheveux longs, pis ça fait mal.

— Non !

— Oui, faut tirer fort pour défaire les nœuds. Pis l'hiver, c'est long à sécher, c'est pas le fun mettre sa tuque sur des cheveux mouillés.

— Pourquoi ?

— Ça devient tout écrasé en dessous. Pis après, ça pue.

— Ça pue ?

— Oui. Mais ça va repousser, ce sera pas long. On pourra faire du bricolage avec les cheveux, si tu veux.

— Oui?

— Oui. On fera des poupées, pis on leur collera des vrais cheveux. Ça va être beau.

— Oh oui!

Personne n'a soufflé mot quand je suis sortie. On était occupé à se fouiller le nez, le dessous des ongles, le fond des poches. J'ai pu me diriger vers ma chambre à peu près normalement. Ça sentait fort la consigne familiale. Il n'y avait que la petite qui sautillait derrière moi les mains pleines de ce qu'elle avait récolté dans l'évier, montrant à toutes ce que, par décret familial, on se devait d'ignorer.

On m'a laissée tranquille quelques instants, puis ma mère est venue me rejoindre. J'avais prévu contester toute intrusion dans ma moitié de chambre, ce qui ne pouvait bien sûr pas concerner ma mère qui était particulièrement chez elle partout dans cette maison. Elle a fermé la porte derrière elle.

— Viens, Hélène, je vais t'arranger ça un peu, là. Tu t'es pas appliquée ben fort... tes beaux cheveux que t'aimais tant...

Il ne me restait plus assez de force pour ajouter quoi que ce soit. Mes beaux cheveux, Oscar. Poussés pour rien. Coupés pour rien. Joséphine, dans *Les quatre filles du Docteur March*, se les fait couper pour payer un billet de train à sa mère qui doit aller au chevet de son mari blessé à la guerre. Moi, c'était vraiment pour rien. Ma première vraie fin du monde, réussie cette fois. Je me suis installée sans rechigner sur la chaise qu'elle avait traînée avec elle. Sans bruit, des larmes acides comme du vinaigre blanc ont roulé leur feu sur mes joues pendant qu'elle coupait. Elles étaient peu nombreuses, épaisses et visqueuses, faites de peine concentrée. Je suis restée bien droite, sans bouger, pour ne pas gâcher le travail.

— Oscar est morte, maman…

— Je sais, ta sœur me l'a dit.

— … maman…

— Ça va repasser encore à la télé, y a tout le temps des reprises. Sont même fatigants avec ça…

— Ça sert à rien les reprises, elle est morte.

— Elle meurt juste à la fin, elle est vivante le reste du temps.

— Ça m'intéresse plus, de toute façon.

— Je sais pas ce que tu t'imaginais, tout le monde meurt à un moment donné.

— Non, pas à la télé, ils sont pas obligés de mourir.

— Le monde meurt aussi, c'est juste qu'on les voit pas tout le temps mourir.

— Non, s'ils meurent pas dans l'histoire, ils meurent pas. Sinon, c'est pas la même histoire.

— Mais on s'imagine quand même qu'ils vont mourir.

— Non, pas moi, je pense pas à ça.

— Je m'obstinerai pas avec toi, quand tu décides de faire ta tête de cochon…

— Ça va être moins compliqué, les cheveux courts.

— Pour ça, c'est une maudite bonne affaire.

L'argument pratique l'emportait à tout coup avec ma mère. Pour lui vendre une idée, il suffisait d'y accoler certaines épithètes — « commode », « fonctionnelle », « efficace » — qui avaient le pouvoir de transformer le farfelu en utile.

J'aurais aimé me jeter sur elle et la serrer très fort dans mes bras en criant « maman, Oscar est morte, maman, je veux mourir, maman, j'ai tellement mal, maman, j'ai tellement mal, maman », mais je ne pouvais pas prendre cette chance : elle aurait pu me répondre « ben voyons donc ! braille pas de même juste pour des dessins animés » et tout se serait brisé, pour toujours. En ne le jouant que dans ma tête, je pouvais écrire sa partie et me donner la réplique. De cette façon, c'était la meilleure des consolatrices.

C'était assurément plus facile d'être triste chez nous le vendredi, parce que la belle grosse pizza graisseuse de chez Giffard Pizza possédait, en plus de son pouvoir rassembleur, des vertus médicinales qui jetaient sur les corps et les âmes malades de savoureuses pointes d'amnésie. La vie n'était jamais aussi simple que lorsqu'on en débattait autour d'une belle grosse galette ronde vraiment graisseuse.

— Pourquoi t'as coupé tes cheveux, Joe ?

— Appelle-moi plus de même. Hélène, c'est correct.

— Pourquoi t'as coupé tes cheveux, Hélène ?

— C'est passe qu'on va faire des poupées avec, a répondu la petite.

— C'est parce qu'elle se prend pour Jeanne d'Arc, maintenant.

— Jeanne, je t'ai demandé quelque chose tantôt.

— C'est pas de ma faute s'il faut tout le temps qu'elle fasse son intéressante.

— Jeanne...

— OK. J'arrête.

Elle pourrait se garder ses « laisse faire », je n'allais certainement pas lui demander qui était cette autre Jeanne qu'elle m'accusait d'imiter. Je ne serais plus que moi, ça me suffirait.

— Hélène, ça te va très bien cette coupe de cheveux. On voit mieux ton visage, c'est agréable.

Je ne m'étais jamais doutée que mon père pouvait voir les visages. Ça m'a beaucoup touchée. Il m'a souri avant de reprendre, d'une main tremblante, le verre qui l'empêchait de sombrer. Évidemment, Cinthia avait raison, les choses ne s'amélioreraient jamais. Mais il était là, toujours là, fidèlement assis avec nous pour nous regarder vivre et se bercer de nos petites histoires. Ça ne le soignait pas, bien sûr, mais j'aime penser que ses douleurs se faisaient moins vives le temps que ça durait.

J'ai passé l'heure du souper à regarder mes sœurs, mes parents, de ce nouvel angle qu'avait pris ma vie tout à coup à 16 h 17. On s'est lancé des petites flèches peu acérées, on s'est moquées des mots tordus de Didine, on s'est raconté toutes sortes d'anecdotes sans importance et, pour cette raison, si amusantes. Et comme toujours, dès que Jeanne a eu fermé ses lèvres sur sa fourchette pour en retirer une première bouchée, on s'est mises à crier de plaisir.

— Ah! ah! on a léché ta fourchette! Ah! ah!

— Ouach! Vous êtes rien que des écœurantes! Mamaaaan!

La plupart du temps, ce n'était même pas vrai. Cette fois-là, probablement pas, je n'ai du moins pas été complice du crime. Mais elle n'a rien laissé au hasard : elle s'est offusquée, s'est levée comme si on venait de la piquer, elle a lancé sa fourchette dans le fond de l'évier, s'est gratté la langue avec ses ongles en sautant sur place, a entrepris un exercice de style impressionnant où elle a enchaîné des « ark! dégueulasse! » sur tous les tons, s'est rincé la bouche avec quelques litres d'eau avant de revenir à table avec son air renfrogné pour nous fusiller. On s'est amusés ferme. Comme souvent.

Pendant ces petits divertissements inoffensifs, j'ai observé Catherine qui farfouillait dans son assiette avec ses ustensiles et son essuie-tout en omettant soigneusement de se servir. Elle n'a pas tenté une seule fois d'atteindre la pizza au centre de la table. Elle attendait quelque chose. Ses yeux fouineurs surveillaient nos mains, les assiettes, le va-et-vient des pointes et bouts de croûte qu'on s'échangeait. Elle nous servait de grandes rasades de son rire grelot pour qu'on ne pense pas à jeter de regards dans son assiette. C'était fascinant, sa technique était parfaite, on n'y voyait que du feu. Je comprenais pourtant mal ce qu'elle faisait. J'ai attendu, moi aussi.

Puis, quand Margot a tiré jusqu'à elle la toute dernière pointe, le visage de Catherine s'est illuminé. Elle a patienté encore quelques secondes, le temps que les dents soient bien plantées dans la pizza, et s'est mise à chialer.

— Oh! non! Oooooh…

Ce n'était pas facile, mais ça sonnait vrai.

— Qu'est-ce qui se passe, Catherine?

— J'en ai pas eu, bouuu…

— De quoi?

— De la pizza, bouuuuu, bouuuuuu…

Je n'ai rien dit. Dans le département du drame que je quittais, il y avait de la relève. J'ai seulement éclaté de rire, d'un grand rire d'autodérision.

Même si je n'ai à peu près pas enlevé mon soutien-gorge en plus de trois semaines, je n'ai pas été surprise de trouver, sous le coussin protecteur, un sein épanoui qui s'était affranchi de son état de bourgeon. Il ressemblait beaucoup à l'autre, évidemment, sauf que le mamelon, tout neuf, était plus rose, plus tendre. J'ai lavé le soutien-gorge avec l'échantillon de savon doux que la dame du magasin m'avait donné et je l'ai remis le lendemain.

10

On pelletait ensemble l'entrée du garage coincé entre nos deux immeubles quand Roger est mort à son tour. Il est seulement tombé, dans la neige, comme une branche qui cède, fatiguée de tout supporter, les feuilles, les oiseaux, le verglas, la solitude. À ce moment précis, je lui tournais le dos : on avançait, depuis le milieu de l'entrée, dans des directions opposées. Une course de pelletage. On forçait la cadence en lançant la neige n'importe où. Le but : atteindre le bout avant l'autre. J'approchais dangereusement du trottoir quand j'ai entendu un bruit sourd, comme une grosse masse tombée de nulle part. Et puis rien, presque rien. J'ai tout de suite su. Je ne me suis pas retournée, je voulais lui donner au moins quelques secondes pour mourir en paix. Depuis le temps qu'il attendait. Il a marmonné quelque chose entre ses dents serrées en s'effondrant. J'ai souvent raconté qu'il m'avait lancé « on se r'verra ! ». Je crois plutôt que c'était « maudit verrat ».

Je me suis ensuite penchée sur lui et j'ai regardé les flocons tomber, petites araignées de glace qui entraient en fusion au contact du cuir usé de son visage. Ceux qui s'aventuraient dans les filets de sa barbe avaient une seconde de sursis. C'était fini. Comme ça. Juste comme ça. Une mort anacinématographique, sans la dernière parole génialement inspirée, prononcée sur le crescendo d'une petite musique sortie de nulle part. Pas de nouveaux groupes branchés pour provoquer, sur fond de guitare acoustique, la salutaire catharsis. Au contraire, tout a été parfait, blanc et silencieux. L'hiver avait pris soin de lui saupoudrer un beau tapis moelleux avant la dernière jambette. Dans ce décor empreint de beauté et de calme, pour une fois, tout se jouait dans les contrastes : j'étais si pâle, jeune et vivante aux côtés de ce vieil homme immobile à la peau couleur brique.

Si je n'avais pas fait attention, j'aurais été triste. La mort rend si égoïste. J'avais, au contraire, une bonne raison de sourire : quand même, l'idée du concours, c'était de moi. Je regrettais seulement qu'on n'y ait pas pensé avant. Ça lui aurait épargné beaucoup d'efforts. Et quelques bières.

La Corriveau a fini par descendre de son juchoir. Heureusement, j'attendais le messie ou quelqu'un de sa trempe, ce qui promettait d'être long. Les engelures m'auraient grignoté quelque morceau important que j'aurais pu regretter un jour. C'était par pur hasard qu'elle avait jeté un œil par la fenêtre et m'avait vue agenouillée au côté de Roger. Dès qu'elle a été à un jet de pierre de nous, elle a commencé à parler très vite et très fort en gesticulant dans tous les sens. Je l'ai regardée un moment avec curiosité. Les sons qu'elle prononçait n'arrivaient pas à former des mots.

— mpokjo jfhkjf nvcoikj fkj mljd kjfzflj benf foyons dotntrc qu'est-ce que tu fais là ? T'aurais dû courir appeler de l'aide tout de suite, mais à quoi tu penses ? On appelle l'ambulance, pis on revient prier après. Ça fait combien de temps que t'es là, comme ça ? Heureusement que je t'ai vue, qu'est-ce qui serait arrivé ? T'aurais attendu qu'on soit obligés de le pelleter pour aller chercher de l'aide ? Nom de Dieu ! Il doit sûrement être mort, là…

Et Dieu créa l'homme. Derrière elle, son ombre, que j'avais d'abord confondue avec un épaississement de sa personne, s'est matérialisée en un homme inconnu. Doté du don de la parole.

— Monique, arrête ça. C'est juste une pauvre petite fille. Tu vois ben qu'a comprend rien. 'Est sonnée. Pis lui, y est déjà frette.

— Non mais, ça se peut-tu, être sans-dessein de même, elle le regarde mourir sans bouger…

— Monique, arrête.

— … je sais pas si Dieu pardonne ça, des fautes de même, il est miséricordieux, mais y a toujours ben des limites…

— Tu vas-tu te la fermer !

— … non mais, j'ai mon voyage…

— TA GUEULE ! TA-GUEU-LE !

Frappée de stupeur, elle a fermement empoigné le col de son manteau et a reculé de quelques pas, par précaution. Ses yeux se sont gonflés et ont entrepris une petite sortie hors de leurs orbites. Ça lui donnait des airs de poissons de fond ramenés trop rapidement à la surface. Elle a fixé l'homme pendant les trois secondes réglementaires d'arrêt, puis s'est enfuie en serrant les fesses.

— Pis a se demande pourquoi j'aime mieux travailler de nuit.

Il s'est penché sur Roger par principe pour constater la même chose que moi. Sauf qu'il s'en foutait totalement. Une traînée de fumée s'est allongée devant sa bouche quand il a soupiré. Ses mains, impassibles, étaient restées bien plantées au fond de ses poches.

— Ben coudonc, faut ben que ça finisse un jour.

Le troupeau de badauds n'était pas encore arrivé. Heureusement. Il lui avait toujours manqué un peu de cet humour essentiel pour pouvoir s'amuser des vérités crues. Mais il ne tarderait pas à se pointer pour venir nous rappeler que la mort est une bonne chose, du moins préférable à tant d'autres. Il le ferait en déclamant des chapelets de petites phrases creuses qui parviendraient, malgré leur nombre, à ne rien dire du tout. Comme toujours. C'est bien normal, personne ne veut se mouiller, alors on louvoie sur les mots. Ce ne sont jamais que les vivants — et qui tiennent à le rester — qui parlent de la mort, ce qui explique que l'on mette tant de soin à ne pas trop approcher cette rognure si contagieuse.

Je me suis levée, j'ai abandonné là ma pelle, mes mitaines, un bout de jeunesse et encore quelques illusions, et je suis rentrée chez moi sans me retourner. Je ne craignais pas de le voir, seulement, il n'y avait plus rien à voir. D'ailleurs, les gens affluaient, comme chaque fois qu'il n'y a rien à voir. L'ambulance ne tarderait pas. Et je ne voulais pas croiser le balafré. Il finirait par penser que je magouillais pour me retrouver sur son chemin. Il était de mon ancienne vie, de celle où je n'avais jamais eu tout à fait mon âge. Mais je fuyais surtout parce que je redoutais, plus que tout, le moment où la neige finirait par se déposer sur le visage du vieux, intacte, pour lui faire un masque de mort.

Toute la paroisse s'est pointée à l'église quelques jours plus tard. Roger n'avait laissé aucune consigne claire et il était baptisé. Alors on y est allés avec ce qu'on savait faire. La formule classique, parce que bien connue de tous, arrangeait toutes les parties impliquées : salon (pleurs abondants et clichés d'usage), messe (chants criés par des grands-mères bénévoles, paraboles hors propos et sermon truffé de conseils apocalyptiques), procession (permission spéciale de ne pas faire ses arrêts aux coins de rue en voiture pour suivre le troupeau), mise au charnier (expéditive par froid de canard) et buffet froid servi au sous-sol de l'église (sandwichs aux œufs sans croûtes, salade de macaronis à la mayonnaise, porc-épic d'olives et petits oignons blancs marinés piqués sur un demi-pamplemousse, branches de céleri tartinées de Cheez Whiz, etc.).

J'ai dormi pendant la messe. Acte manqué. Réveillée par le brouhaha de l'assistance qui enjambait les prie-Dieu pour aller tirer la langue devant le curé, je me suis sauvée par la grande porte pour aller faire un tour en attendant l'heure des sandwichs. Je n'y pouvais rien, l'odeur de sainteté me donnait des envies de crise d'adolescence. Roger devait se décomposer de rage dans sa boîte de bois qu'on arrosait abondamment d'eau bénite et de paroles saintes. Je ne tenais pas à ce qu'il me confonde avec ses tortionnaires.

Vers la fin de l'après-midi, le sous-sol de l'église, nappé de cette belle lumière blafarde que dispensent si généreusement les néons, était bondé de caqueteuses qui refaisaient le monde et parlaient, accessoirement, un peu du mort. Moi, je traînassais au fond de la salle avec mes petites sœurs. Margot en profitait pour examiner les souliers des femmes qui avaient sauté sur l'occasion pour porter autre chose que des bottes d'hiver ou des pantoufles. Et comme les interminables hivers québécois condamnent les talons hauts à de longues jachères qui font perdre l'habitude des hauteurs, les femmes se déplaçaient avec précaution, accrochées à leur sac à main, tendant discrètement le bras vers les poutres, le bord des tables et le dossier des chaises. Catherine, en position tactique, surveillait attentivement le buffet, souhaitant ardemment la fonte des montagnes de sandwichs ; ça lui ferait un large public de non-initiés pour jouer la scène de la mort par inanition. Jeanne était restée à la maison avec son sarcasme pour piocher sur des examens quelconques. Par acquit de conscience, il lui était interdit de se plier à ces manèges hypocrites qui faisaient qu'on fêtait les morts dans les lieux mêmes que l'on cherchait tant à fuir vivants.

La veuve Simard et sa fille s'étaient déplacées pour l'occasion. Le prestige de leur nouvel état civil s'était amenuisé depuis leur départ — on avait beaucoup trépassé depuis, ça émouvait moins —, mais quelques âmes charitables ont eu l'amabilité de s'inquiéter de ce qu'elles devenaient. Madame se portait à merveille, puisque l'argent de l'assurance ne l'obligeait plus qu'à travailler pour le plaisir. Madame sa fille, dont la solitude avait atteint des proportions dangereuses, vivait l'un de ses rêves : les autorités compétentes l'avaient enfin sacrée handicapée. Et comme l'absence d'exercice physique se présentait comme la meilleure façon de ne pas vivre un malencontreux retour du sort, elle usait, grâce à une chaise roulante et aux espaces de stationnement réservés, de toutes les chances qu'on lui offrait de ne plus bouger. Avant l'âge de quarante ans, elle obtiendrait même les services d'une aide personnelle pour ses ablutions.

Mon père et ma mère discutaient depuis un moment, au fond de la salle, avec une femme que je ne connaissais pas. Aux regards qu'elle me jetait pendant la conversation, je sentais qu'il était un peu question de moi. Ils n'étaient pas les seuls, d'ailleurs, à me regarder bizarrement. Je pouvais comprendre : frappée de sécheresse lacrymale, je ne m'étais pas trouvé une seule larme pour mon vieil ami. Je l'avais pratiquement tué, au fond. À leurs yeux, j'étais coupable de non-souffrance apparente, ce qui semblait encore plus inacceptable dans le contexte d'une mondanité où il s'agit précisément de se lamenter. J'en étais à tenter de me composer un air souffreteux quand mon attention a été déjouée par l'arrivée de Marie-Madeleine qui s'est dirigée, aussitôt entrée, vers la machine à café placée au fond de la salle. Juste à côté des plateaux de sandwichs confectionnés par Madame Lavigne dans des pains de couleurs choisies : rose, vert, bleu, jaune. Couleurs qui s'accordaient mal, selon plusieurs, avec le caractère sombre de la fête. Monsieur Papillon avait fermé son dépanneur et offert sa machine aux organisateurs de l'événement. Elle chatoyait sous les néons. En bon limier, Jacinthe l'avait pistée jusque dans les profondeurs du sous-sol de l'église.

— Salut.

L'autre s'était pendant ce temps faufilée jusqu'à moi. J'étais cernée.

— Salut.

— Brigitte.

— Ah.

J'ai eu envie de répondre « ouin pis », mais mes bons vieux réflexes de politesse sont intervenus.

— Je suis contente de te voir.

— OK.

Je fixais le buffet pour qu'elle se fasse plaisir en me regardant, si ça lui chantait.

— Mon père m'a parlé de toi.

— Ah.

— Mon père, c'est Roger.

L'ingrate. Elle était là, maintenant, seulement maintenant. Elle avait du culot de venir se présenter.

— Ça se peut pas.

— Pourquoi?

— Tu venais jamais le voir.

— ... c'est vrai. Je pouvais pas.

— Pfft!

— Il t'a sûrement raconté toutes sortes d'affaires...

— Pourquoi tu venais pas?

— Ouf! C'est compliqué.

— Ben là, j'ai treize ans.

J'étais un peu forcée de l'impressionner si je voulais qu'elle parle. Treize ans, ça sonnait un peu adolescence.

— Justement, c'est des histoires un peu tristes que t'es pas obligée d'entendre à ton âge.

— Tu parles comme lui.

J'aurais dû dire quinze. Elle m'a souri, les yeux pleins de larmes. Son visage était rouge et gonflé, elle avait déjà beaucoup pleuré. Elle a voulu partir, mais s'est ravisée au dernier moment.

— Il voulait pas que je vienne le voir, il pensait que j'avais pitié de lui. Il déménageait tout le temps pour pas que je le retrouve.

— Il est venu ici à cause du dépanneur.

— Il t'a dit ça...

Et comme je n'y avais jamais cru, j'en ai rajouté.

— Pour la bière, c'était plus proche.

Elle a souri en regardant une poutre de béton d'un ennui ecclésiastique. Sa tête balayait l'air de gauche à droite, comme quand on regarde un désastre et qu'on essaie par un mouvement de tête d'en estomper un peu l'horreur. C'est alors qu'elle a sorti un livre de son sac à main et me l'a tendu.

— Tiens. Je l'ai trouvé sur la table de la cuisine quand je suis allée vider ses affaires. J'étais allée le voir à l'hôpital la dernière fois, juste après toi. L'hôpital m'avait trouvée.

J'ai vu J. Tétrault 1972 sur la page de garde et en dessous, en lettres hésitantes comme celles d'un enfant, Roger 1984. Puis j'ai feuilleté le livre qui avait des allures d'après-guerre, comme si on l'avait traîné dans toutes les tranchées du dernier siècle. Les mots des premières soixante-dix pages étaient pour la plupart soulignés ou encerclés, certains étaient même biffés. Il y avait une quantité impressionnante de petits dessins dans les marges, comme des hiéroglyphes : des poissons avec des dents énormes, des bateaux, des filets, des cabanes, des bonshommes allumettes un peu tordus, des soleils, des lunes, des étoiles, des lions — ou à peu près —, etc. C'est en voyant les petites bêtes tracées au stylo sur le papier rêche du livre que j'ai compris ce qui m'avait jusqu'alors échappé au sujet de ce roman : toute cette histoire n'a rien à voir avec la pêche, c'est celle d'un vieil homme qui rêve à des lions, à ceux entrevus dans sa jeunesse sur des plages lointaines qu'il n'a jamais foulées. La mer n'est que le trait d'union qui le ramène à ses souvenirs et à une autre idée de lui. Le reste est alimentaire.

J'ai alors senti quelque chose fondre dans mon corps à la hauteur de l'estomac. Mais je suis restée toute droite, je commençais à avoir l'habitude des demi-évanouissements à la verticale. J'ai seulement écarté un peu les jambes, pour l'équilibre.

— Il a travaillé fort, comme tu vois.

— Comment ça ?

— Il savait pas lire. Pas comme toi pis moi en tout cas. Fallait qu'il déchiffre les phrases mot par mot. Je sais pas s'il a pu comprendre quelque chose à ton livre…

— …

— Ça te fera un souvenir.

Elle s'est raclé la gorge, a regardé le bout de ses souliers, pour voir s'il n'y avait pas autre chose à dire, puis elle est partie.

— Salut, Brigitte.

Elle s'est à moitié retournée, m'a fait un demi-signe de la main, le bras alourdi par la chute du moral. Elle pleurait encore. J'aurais aimé qu'elle revienne et me balance un « p'tite vermine » ou quelque chose dans le ton. Mais elle s'est dirigée vers la sortie sans plus se retourner, en suivant une ligne imaginaire tracée entre la porte et elle. Elle avait une démarche un peu raide, presque mécanique, les chevilles soudées aux jambes, comme lui. Une vie l'attendait probablement quelque part, qu'elle s'était forgée loin d'un père qui ne s'était jamais cru le bon père. Elle y retournait pour aimer les siens. Et en être aimée, je le supposais. Être une bonne mère même. Après tout, j'étais contente qu'elle s'en aille comme ça, avec son mystère tout entier et ses pans d'histoire trop tristes. Ça me laissait Roger dans l'état dans lequel il était tombé, pas trop abîmé.

Quand même, si elle s'était retournée pour me dire quelque chose, « J'ai gardé la chaise », par exemple, ça ne m'aurait pas dérangée.

Des petits détachements du troupeau sont venus tour à tour me trouver pour me consoler, même si je n'étais pas vraiment triste, pas pour lui en tout cas. Mais comme je pleurais, c'était facile de confondre. J'ai alors tendu spontanément mon bras vers un triangle bleu de sandwich aux œufs pour leur prouver que j'étais capable de résilience. C'est bien connu, le retour de l'appétit est un fidèle indice de resanté. Il n'y a rien comme un petit triangle aux œufs dévoré avec entrain sous la lumière crue d'un sous-sol d'église pour faire croire à l'insouciance, au bonheur retrouvé. Ça les réconfortait que j'aie enfin de la peine : ça leur donnait la chance de me soigner et de me gaver de bons vieux clichés dénoyautés. Je les avais embêtés avec mon comportement déviant, ils méritaient de pouvoir intervenir. J'ai fini par les abandonner là, à leur pharmacopée d'aphorismes, et je suis allée rejoindre mon étang, à bicyclette.

J'avais beau dire, je ne m'étais pas encore débarrassée de mon besoin d'époque.

* * *

Mon père m'a presque laissée devenir officiellement une adulte avant de s'abandonner à la première maladie de passage. Un peu comme on saute dans l'autobus pour aller quelque part sans trop savoir où, convaincu malgré tout que c'est une meilleure destination que l'ici et maintenant. Ma mère aurait aimé qu'il lutte un peu, mais c'était une part de tempérament non transférable entre époux. Les lois de la nature sont restées intraitables là-dessus. Il ne tenait pas à se battre et craignait, en vivant, de déranger le cours normal des choses. Quand son médecin lui a annoncé que son mal de dos trouvait son origine dans un cancer du poumon très avancé, il s'est excusé.

Les lions lui avaient cruellement manqué toute sa vie. À lui aussi. Il m'a fallu beaucoup de pertinents silences pour le comprendre. Beaucoup. Et comprendre surtout que je me perdrais à essayer de trouver une explication claire et réconfortante à son mal de vivre. Alors je l'ai laissé filer. Il n'avait jamais eu très envie de rester. Moi, je voulais être heureuse et même racheter une part non utilisée de son bonheur.

Mais c'est tellement plus simple de croire qu'il est mort du cancer.

* * *

— Oublie pas, t'as dix-neuf ans.

— T'aurais pu dire vingt, je me suis toute arrangée.

— Dix-neuf, c'é assez. Mais grouille-toé le cul d'avoir dix-huit avant qu'a s'en rende compte.

— Elle est comment, la boss?

— Laisse-la faire. Prends ta section, sors tes assiettes. Y a de la belle argent à faire icitte, tu vas voir. Pis le *staff* est *cool*.

Avec Cinthia, je ne craignais rien, c'était forcément une aventure qui en valait la peine. Elle était tombée enceinte de son beau ténébreux du bingo à quinze ans, et s'était retrouvée mère monoparentale à sa première fête des Mères.

L'histoire classique. Mais comme elle avait été entraînée depuis son tout jeune âge aux principales formes de désenchantements et à leurs substituts, elle s'en sortait plutôt bien. Évidemment, l'école, pour elle, c'était terminé, mais elle était travaillante et impossible à décourager. Les employeurs se l'arrachaient. Moi, je l'adorais. Et je la suivais. Et bien sûr, on m'engageait.

— C'est quoi ton petit nom, déjà ?

— Hélène.

— OK, Hélène. Je te donne une chemise pour tout de suite, on va t'enlever quinze piasses sur ta paie pour ça. Assis-toi sur la 22 pour remplir la paperasse… c'est celle-là… pis viens me rejoindre dans mon bureau à côté du *back store* quand ça sera fait. Je vais te créer un profil dans le système, ça me prendrait un mot de passe, quelque chose de pas compliqué, faut que tu le pitonnes à chaque fois que tu veux rentrer dans l'ordinateur. Quand t'es dans le jus, faut que ça roule…

— Je le connais, le système.

— Tant mieux.

— Je vais prendre Oscar.

— Oscar ?

— Oui.

— Comme les balais ?

— C'est pas correct ?

— Oui oui, c'est de tes affaires, c'est parfait, c'est facile.

— Merci.

— *Let's go.*

J'ai mis peu de temps à faire mes preuves, les cabarets étaient depuis longtemps devenus des extensions naturelles de mes bras. Je me fichais trois soirs par semaine un beau sourire sincère qui découvrait mes dents et je jouais les pieuvres dans une ambiance rythmée par les plus mauvais succès de l'époque qui tournaient en boucle comme des ours en cage. Dans le bas des additions qu'imprimait l'ordinateur on pouvait lire : « Merci ! Vous avez été servi par Oscar. » Je n'ai jamais relevé l'erreur, qui n'en a jamais été tout à fait une, d'ailleurs. Et pour tout le monde, je suis devenue Oscar. C'était écrit sur le papier.

Mes seins ont encore poussé, mes cheveux sont redevenus invraisemblablement longs et j'affrontais, les nuits de fins de semaine, des armées de jeunes fêtards affamés après la fermeture des bars en portant à bout de bras des cabarets-torpilles chargés de poutines et de pizzas. J'explorais tous les domaines d'études, à l'université et ailleurs ; j'hésitais entre la médecine vétérinaire, la criminologie, l'ébénisterie, le pilotage d'avion, la danse. Comment peut-on se choisir une vie quand on n'a pas encore vingt ans ? La vie m'offrait chaque jour des tas de chances d'être de plus en plus courageuse. Et le balafré venait manger une bouchée sur ses quarts de nuit.

J'étais heureuse. Et tout me semblait si simple.

J'avais, moi, formidablement envie de vivre.

Dans la même collection

Donald Alarie, *David et les autres*.
Donald Alarie, *Thomas est de retour*
Donald Alarie, *Tu crois que ça va durer?*
Émilie Andrewes, *Eldon d'or*.
Émilie Andrewes, *Les mouches pauvres d'Ésope*.
J. P. April, *La danse de la fille sans jambes*.
J. P. April, *Les ensauvagés*.
J. P. April, *Mon père a tué la Terre*.
Aude, *Chrysalide*.
Aude, *L'homme au complet*.
Noël Audet, *Les bonheurs d'un héros incertain*.
Noël Audet, *Le roi des planeurs*.
Marie Auger, *L'excision*.
Marie Auger, *J'ai froid aux yeux*.
Marie Auger, *Tombeau*.
Marie Auger, *Le ventre en tête*.
Robert Baillie, *Boulevard Raspail*.
Katia Belkhodja, *La peau des doigts*.
André Berthiaume, *Les petits caractères*.
Lise Blouin, *Dissonances*.
André Brochu, *Les Épervières*.
André Brochu, *Le maître rêveur*.
André Brochu, *La vie aux trousses*.
Serge Bruneau, *Bienvenue Welcome*.
Serge Bruneau, *L'enterrement de Lénine*.
Serge Bruneau, *Hot Blues*.
Serge Bruneau, *Rosa-Lux et la baie des Anges*.
Roch Carrier, *Les moines dans la tour*.
Daniel Castillo Durante, *Ce feu si lent de l'exil*.
Daniel Castillo Durante, *La passion des nomades*.
Daniel Castillo Durante, *Un café dans le Sud*.
Normand Cazelais, *Ring*.
Denys Chabot, *La tête des eaux*.
Pierre Chatillon, *Île était une fois*.
Anne Élaine Cliche, *Mon frère Ésaü*.
Anne Élaine Cliche, *Rien et autres souvenirs*.
Hugues Corriveau, *La gardienne des tableaux*.
Hugues Corriveau, *La maison rouge du bord de mer*.
Hugues Corriveau, *Parc univers*.
Esther Croft, *De belles paroles*.
Esther Croft, *Le reste du temps*.
Claire Dé, *Sourdes amours*.
Guy Demers, *L'intime*.
Guy Demers, *Sabines*.
Jean Désy, *Le coureur de froid*.
Jean Désy, *L'île de Tayara*.
Danielle Dubé, *Le carnet de Léo*.
Danielle Dubé et Yvon Paré, *Le bonheur est dans le Fjord*.
Danielle Dubé et Yvon Paré, *Un été en Provence*.
Louise Dupré, *L'été funambule*.
Louise Dupré, *La Voie lactée*.
Sophie Frisson, *Le vieux fantôme qui dansait sous la lune*.
Pierre Gariépy, *Blanca en sainte*.
Pierre Gariépy, *Lomer Odyssée*.
Jacques Garneau, *Lettres de Russie*.
Bertrand Gervais, *Gazole*.

Bertrand Gervais, *L'île des Pas perdus*.
Bertrand Gervais, *Le maître du Château rouge*.
Bertrand Gervais, *La mort de J. R. Berger*.
Bertrand Gervais, *Tessons*.
Mario Girard, *L'abîmetière*.
Sylvie Grégoire, *Gare Belle-Étoile*.
Hélène Guy, *Amours au noir*.
Anne Guilbault, *Joies*.
Louis Hamelin, *Betsi Larousse*.
Young-Moon Jung, *Pour ne pas rater ma dernière seconde*.
Andrée Laberge, *Le fin fond de l'histoire*.
Andrée Laberge, *La rivière du loup*.
Micheline La France, *Le don d'Auguste*.
Andrée Laurier, *Horizons navigables*.
Andrée Laurier, *Le jardin d'attente*.
Andrée Laurier, *Mer intérieure*.
Claude Marceau, *Le viol de Marie-France O'Connor*.
Véronique Marcotte, *Les revolvers sont des choses qui arrivent*.
Patrice Martin, *Le chapeau de Kafka*.
Felicia Mihali, *Luc, le Chinois et moi*.
Felicia Mihali, *Le pays du fromage*.
Pascal Millet, *L'Iroquois*.
Marcel Moussette, *L'hiver du Chinois*.
Clara Ness, *Ainsi font-elles toutes*.
Clara Ness, *Genèse de l'oubli*.
Paule Noyart, *Vigie*.
Madeleine Ouellette-Michalska, *L'apprentissage*.
Yvon Paré, *Les plus belles années*.
Jean Pelchat, *La survie de Vincent Van Gogh*.
Jean Pelchat, *Un cheval métaphysique*.
Michèle Péloquin, *Les yeux des autres*.
Jean Perron, *Les fiancés du 29 février*.
Daniel Pigeon, *Ceux qui partent*.
Daniel Pigeon, *Chutes libres*.
Daniel Pigeon, *Dépossession*.
Daniel Pigeon, *La proie des autres*.
Hélène Rioux, *Âmes en peine au paradis perdu*.
Hélène Rioux, *Le cimetière des éléphants*.
Hélène Rioux, *Mercredi soir au Bout du monde*.
Jean-Paul Roger, *Un sourd fracas qui fuit à petits pas*.
Martyne Rondeau, *Game over*.
Martyne Rondeau, *Ravaler*.
Martyne Rondeau, *Ultimes battements d'eau*.
Jocelyne Saucier, *Les héritiers de la mine*.
Jocelyne Saucier, *Jeanne sur les routes*.
Jocelyne Saucier, *La vie comme une image*.
Adrien Thério, *Ceux du Chemin-Taché*.
Adrien Thério, *Marie-Ève! Marie-Ève!*
Adrien Thério, *Mes beaux meurtres*.
Gérald Tougas, *La clef de sol et autres récits*.
Pierre Tourangeau, *La dot de la Mère Missel*.
Pierre Tourangeau, *La moitié d'étoile*.
Pierre Tourangeau, *Le retour d'Ariane*.
André Vanasse, *Avenue De Lorimier*.
France Vézina, *Léonie Imbeault*.

GARANT DES FORÊTS
INTACTES

*Cet ouvrage composé en Minion corps 12 sur 14,5
a été réimprimé en septembre deux mille dix
sur les presses de l'imprimerie Gauvin, Gatineau, Québec.*